GERHART HAUPTMANN

# DER ARME HEINRICH

EINE DEUTSCHE SAGE



NACHWORT

VON FRITZ MARTINI

PHILIPP RECLAM JUN. STUTTGART

Universal-Bibliothek Nr. 8642

Lizenzausgabe mit Genehmigung des Propyläen Verlages Frankfurt und Berlin. Herstellung: Reclam Stuttgart. Printed in Germany 1980
ISBN 3-15-008642-6

## DRAMATIS PERSONAE

Heinrich von Aue
Hartmann von der Aue
Pachter Gottfried
Brigitte
Ottegebe
Pater Benedikt
Ottacker
Ritter *und* Schloßbedienstete

## ERSTER AKT

*Das Hausgärtchen des Meiers Gottfried. Der Giebel des Wohnhauses mit Eingangstür und den hinanführenden Stufen links. Davon nicht weit eine alte Ulme, darunter ein Steintisch mit einer Rasenbank. Unter der Ulme fort übersieht der Blick weite, grüne Hochflächen. Vorne abgeerntete Felder und am Horizont bewaldete Hügelungen. Gruppen von Tannen hie und da vereinzelt.*

*Der Meier Gottfried kehrt mit einem Besen das Laub von dem Steintisch. Ottacker, ein gewappneter Knecht, etwa vierzig Jahre alt, fertig, aufs Pferd zu steigen, kommt, sorgfältig bemüht, mit Sporen und Harnisch nicht laut zu werden, durch den Garten geschlichen; er stutzt, wie er Gottfried gewahrt, und sein schwarzbärtiges, bleiches Gesicht wechselt die Farbe in Betretenheit.*

Gottfried. Gelobt sei Jesus Christ!
Ottacker. In Ewigkeit.
Gottfried. Wo wollt Ihr hin in dieser frühen Stunde?
Ottacker. Ei, beizen, reiten, pirschen, was weiß ich.
Gottfried. Wird Euch der Herr nicht missen?
Ottacker *(kraut sich verlegen)*. Schwerlich! Ja,
vielleicht! Ein Auftrag, Meister. Denkt doch an ...
Das heißt, so Gott will und sich alles wendet,
und auch wohl, wenn es sich ganz schlimm erweist,
kehr ich zurück – doch ...
Gottfried. Ich versteh Euch nicht;
ist irgend von den Euren wem daheim
ein Unglück zugestoßen?
Ottacker. Pst. Gewiß.
Still! Ja doch, ich muß fort; die Mutter, auch
die Schwester – heikle Dinge! Ihr versteht.
Sonst, seht Ihr, will ich mit dem Satan fechten!
Und lebten die noch, die ich überrannt
im Heidenlande, könnten sie's bestät'gen.
Gottfried. Was ist Euch? Seid Ihr krank?

Ottacker. Nein! Gott behüte
uns vor den schlimmen Süchten, bösen Flüssen
und aller Sündenschuld und Pestilenz.
Noch bin ich standfest, heil und rein im Blut,
und heil und standfest hoff ich auch zu bleiben.
Die Welt ist schlimm und voller Teufel, doch
Christ ist mein Hort. Mit manches Türken Blut
kauft' ich mir Ablaß – manches Plunderstück
schenkt' ich den Pfaffen, und ein Span vom Kreuz
aus dem Gelobten Land feit meine Brust;
allein mich schauert's, ich muß fort, mir träumte
ein Ding von übler Vorbedeutung, und
was sterblich ist, das wehrt sich seiner Haut!
*(Ottacker ab.)*

Gottfried *(Ottacker nachblickend).*
Bei Gott, er zerrt den Schecken aus dem Stall,
klirrt in den Sattel und – spornstreichs davon!

*(Aus dem Hause kommen Brigitte und hinter ihr Ottegebe. Brigitte ist eine ehrwürdige, nicht sehr bäurisch aussehende Matrone, Ottegebe ein bleichsüchtiges Kind an der Grenze der Jungfräulichkeit, ihre Augen sind groß und dunkel, ihr Haar aschblond, mit rotgoldnen und gelbgoldnen Glanzfäden untermengt. Mutter und Tochter tragen Linnenzeug und Tischgerät.)*

Brigitte. Wo deck ich unserm gnädigen Herrn den Tisch?
Gottfried! He, Gottfried ...

Gottfried *(aus der Verblüffung erwachend).*
Was denn? Riefst du mich?

Brigitte. Ja freilich, denn mein Warmbier ist bereit,
der Fisch gesotten und der Rahm geschlagen.
Wo, meinst du, deck ich unserm Herrn den Tisch?

Gottfried *(auf den Steintisch weisend).*
Komm nur! Dies ist von alten Zeiten her
sein Platz. Gelt, Kind, hier saß er immer gern?

Ottegebe *(nickt eifrig).*
Ja, Vater! Frischen Honig, Vater, noch!
Du sagtest doch, du wolltest welchen zeideln!?

Gottfried *(befremdet).*
Wer band dir denn die Schleife so ins Haar?

Ottegebe. Die Schleife?

G o t t f r i e d. Ja, die rote Schleife, Kind!
O t t e g e b e *(purpurrot, verlegen).*
Wo denn?
G o t t f r i e d *(ungeduldig).*
In deinem Haar.
*(Ottegebe bleibt sprachlos.)*
B r i g i t t e. Sagt' ich dir's nicht,
der Vater schilt dich aus, wenn er dich sieht!?
*(Ottegebe wird wieder blaß, kämpft mit dem Weinen, reißt die Schleife aus dem Haar, schleudert sie zu Boden und läuft fort.)*
B r i g i t t e. Es war zu Ehren unseres gnädigen Herrn.
Nun schämt sie sich.
G o t t f r i e d. Acht auf das Kind, Brigitte,
daß es zudringlich nicht den Herrn erzürnt!
Er ist kein Knabe mehr, wie dazumal
vor Jahren, als sie noch am Bande ging
und er nach Knabenweis' sich mit ihr neckte.
B r i g i t t e. Mir scheint, er ist nicht fröhlichen Gemüts.
G o t t f r i e d. Ich weiß es nicht. Wer gestern morgen ihn
sah, unter den Reitern, auf der Jägersmatte,
als er lachenden Auges unsern Hof
im Moos mit seinem Schwertknauf ihnen zeigte
und fröhlich grüßend dann von ihnen schied,
der mochte freilich bei sich selber denken,
wie diesen edelstolzen jungen Mann
des Kummers Schatten niemals doch gestreift.
Heut sah ich einen Mann, den ich nicht kannte.
B r i g i t t e. Mich wundert's, daß er itzt um diese Zeit –
weil es doch hieß, er werde Hochzeit halten –
zu uns kommt, in das weltentlegene Moos.
G o t t f r i e d. Die Großen haben sonderbare Launen.
Was geht's uns an!
B r i g i t t e. Gewiß! Allein der Knecht
hat unter dem Gesinde gestern nacht,
nachdem er sich am Sauser übernommen,
mit dunklen Worten wunderlich gescherzt
und vom mosaischen Gesetz gesprochen,
wonach man kranke Häusermauern wäscht,
um sie von Gift und Aussatz heil zu machen.

Gottfried. Wer sagt das?
Brigitte. Ottegebe, unser Kind.
Gottfried. Höre, Brigitte, schließe deine Ohren
vor allem üblen Leumund! Unser Herr
steht hoch in Glanz und Gunst, ist kaiserlich
und also bei Sankt Petri Schlüsselhalter
nicht wohl beliebt; die Bettelmönche treiben
Lügen ins Volk, und keine ist so plump,
daß sie nicht in der Menge Gläubige fände.
Brigitte. Mir scheint, er kommt den Erlenweg herauf.
Gottfried. Er ist's.
Brigitte. Er geht gebeugt, nicht strack wie sonst.
Gottfried.
Wenn du so gaffst, das wird den Herrn verdrießen!
Brigitte. Sieh, wie er starrt, gebannt, ins Morgenrot!
Gottfried. Er ist's. – Ich gehe nun, und du, Brigitte,
bitt ihn zu Tisch, gezogentlich, doch kurz;
hernach nimm Urlaub und entferne dich!
Brigitte. Sei ohne Sorgen, Alter!
*(Heinrich von Aue kommt langsam und nachdenklich; seine Erscheinung ist schlank und ritterlich; freies Gelock, rötlicher, wohlgepflegter Spitzbart; große, blaue, unruhige Augen stehen in seinem ein wenig fahlen Gesicht.)*
Brigitte. Grüß Euch Gott!
Heinrich *(blickt auf, scheint sie erst jetzt zu bemerken und sagt hastig und leichthin).*
Gott grüß' dich, Mutter!
Brigitte. Das ist Euer Tisch;
so wenig und so viel steht just darauf,
als ein entlegener Meierhof kann bieten.
Heinrich. Mich dünkt, ich hörte gestern abend noch
Maultiere klingeln in den Hof, Brigitte.
Brigitte. Nein, Herr.
Heinrich. Nicht? Etwa gegen Mitternacht?
*(Brigitte schüttelt den Kopf.)*
's ist schade, mich verlangt nach meinen Büchern.
Brigitte. Habt Ihr noch irgendeinen Wunsch?
Heinrich. Ja: viele!
Brigitte. Ich meine einen, den ich kann erfüllen.
Heinrich. Den du erfüllen kannst, Brigitte? Nein!

Vielleicht — wir wollen sehn; jetzt nicht — vielleicht.
Schon gut, ich danke dir.

B r i g i t t e. Bekomm's Euch wohl! *(Ab.)*

H e i n r i c h *(allein, legt seine flache Hand an den Ulmenstamm, blickt hinauf und sagt für sich, mit verhaltener Bewegung).* Noch ganz in Blättern steht die Ulme, und
gleich wie aus Erz erhebt sie regungslos
sich in des klaren Morgens kalte Luft;
des nahen Frostes scharfer Silberhauch,
vielleicht schon morgen, macht sie nackt und bloß:
sie regt sich nicht! — Ringsum ist gottergeben,
worauf das Auge fällt, nur nicht der Mensch,
nur ich nicht. — Friede! kehre her zu mir!
Du bist mir nah: auf stillen Wiesenflächen
ruhst du ... du wehst vom dunklen Vlies der Tannen —
der alten Schwarzwaldtannen meiner Kindheit —
mir um mein Haupt. Ja, zwischen diesen Bergen
in meiner Heimat bist auch du daheim;
so werde mir ein Bruder und ein Freund!

*(Gottfried tritt in die Haustür.)*

G o t t f r i e d. Gott grüß Euch, Herr!

H e i n r i c h. Hab guten Morgen, Alter!

G o t t f r i e d. Ich habe einen besseren nicht gesehn
zeit meines Lebens, Herr, als dieser ist:
erblick ich doch beim ersten Schritt ins Freie
den liebsten Gast und meinen edlen Herrn;
doch Ihr beschämt uns und vor allem mich!
Ich bin ein Siebenschläfer, gegen Euch
gehalten, und dazu ein schlechter Wirt.

H e i n r i c h *(beginnt die Mahlzeit).*
Freund, sorge nicht um mich! Einst schlief ich wohl
im wildesten Getümmel eines Lagers,
an manches Fürsten Hof, wo Tag und Nacht
der Tore Flügel in den Angeln knarrten ...
beim Rossestampfen, beim Geschrei der Knechte,
lag wie ein Klotz und schlief. Hier ist es still,
doch in der Stille wird mein Inneres laut,
und während draußen über Moor und Wiesen
der Mond sein totes Licht ergießt und etwa
am Feldrain eine Grille mit ihm wacht,

gibt's ein Getöse hier in meinem Haupt
von Reigentänzen, ritterlichen Spielen,
Schlachtrufen, fremden Sprachen, Flüsterstimmen,
die ich nicht kann beschwichtigen.
Gottfried. Ihr habt
nicht gut geruht die Nacht?
Heinrich. Schlaf ist ein Obdach.
Wehe dem Obdachlosen! Meinst du nicht?
Gottfried. Ja, gnädiger Herr.
Heinrich. Im Ernst: Gewohnheit peitscht
seit vielen Jahren mich vom Lager auf,
meist vor der Sonne, oft schon mitternachts.
Und wenn ihr dies erfahrt, so bitt ich euch,
laßt mich gewähren, es befremd' euch nicht.
Gottfried. Herr, Euer ist das Haus, darin wir wohnen,
und Euer auch der Grund, auf dem es steht;
wie mögt Ihr sagen: lasset mich gewähren?
Nur weckt uns, wenn's zu wachen Euch beliebt.
Heinrich.
Schlaft, schlummert friedlich! Die ihr Ruhe euch
durch arme, schwere Tagesmühn verdient,
was frommt mir euer Wachen? Habe Dank!
Dankbar erkenn ich wieder, was ich längst
gekannt in dir – als Knabe schon –, dein Herz!
Doch nicht dein Herz zu stehlen komm ich her
noch auszurauben seinen goldenen Hort:
nur bittend, Alter, daß du mir nicht wehrst,
an deinem Herd mit mir allein zu sein.
Gottfried *(nach einigem Stillschweigen)*.
Wollt Ihr mir Urlaub geben?
Heinrich. Setze dich!
Falsch deutest du, was ich dir sagte; komm!
Es tut mir wohl, dein weißes Haupt zu sehn
und deine liebe, väterliche Stimme
nach so viel Jahren wiederum zu hören.
Laß dich's nicht kümmern, wenn ich fremd dir scheine
auf diesem kargen Grunde, den du baust;
ich bin verwälscht und seltsam freilich, doch,
so hoff ich, wird noch eine deutsche Hand –
wenn deine Hand sie drückt – den Druck erwidern.

Gottfried *(will kniend mit beiden Händen die nicht dargebotene Rechte Heinrichs erfassen, dieser zieht sie heftig zurück).*
Ihr, Herr, verwälscht? Verhüt's der süße Christ!
Wenn Ihr nicht deutscher Sitte Meister seid
und deutscher Rittertugend Spiegelglas,
wo sollt' ich Mildigkeit und hohen Mut,
Treu' ohne Wank in deutschen Landen suchen?
Euch nenn ich deutsch wie diese Tanne, rein
aus deutschem Blut entsprungen, rein bewahrt.
Des Vogts von Rome blaue Augensterne
funkeln nicht heller, und der Waise stünde
ob Eures Scheitels Flachsgespinste wohl
so stolz als über seinem!

Heinrich *(verfinstert).* Hm, mag sein!
Auch bleibt der Demant freilich, wie du sagst,
ein Demant, trägt ein armer Lazarus
die Spange auch ums Haupt, darin er brennt.
*(Schnell ablenkend.)*
Doch nun dem Kaiser, was des Kaisers ist!
Genug davon! Sitz und erzähle mir
von anderen Dingen! Was der Haushahn schwatzt
mit seinen Hennen zwischen Stall und Scheuer,
dünkt meinen Ohren jetzt ein beßrer Schmaus
als selbst des Vogelweiders Königsweise.
Wie viele Pferde hast du? Wieviel Kühe?
Lohnt dir der Acker Schweiß und Mühe, wie?
Wie war die Ernte, Obst und Korn und Wein?
Das ist die Zeitung, sieh, wonach mich dürstet.
Von Türk und Christ, von Gibellin und Guelf
und von dem Vogt von Rome sprich mir nicht!

Gottfried. Herr, ungezogentlich ist meine Weise,
ich merk es wohl. Doch wenn sie Euch verdrießt,
erwäget doch in Gnaden, bitt ich Euch,
ob ich im Zirkel meines Tagewerks
höfischer Sitte mich befleißen kann!

Heinrich. Das oberste Gelände hoch am Berge,
wo Ackerland und Wald zusammenstoßen:
ist's nicht ein Wickenfeld?

Gottfried. Ja, gnädiger Herr!

Heinrich. Als wir am Abend gestern nah dabei –
ich und mein Rößlein – sorgsam abwärtsstiegen,
hört' ich im Chor von leisen Kinderstimmen
ein Ave-Maria singen, und zugleich
sah ich, nicht weit von mir, am Rand des Steigs,
im Steinwall flackern eine kleine Brunst.
Ich ließ mein Rößlein stehn und pirschte mich
behutsam näher; so gewahrt' ich dann
Mägdlein und Knaben, die ums Feuer schafften;
just schien mir's wie ein Spuk und Schattenspiel.
Da sagt' ich: kleine Hexlein, grüß' euch Gott!
Was braut und backt und kocht ihr hier im Dunklen?
Doch kaum gesagt – hui! stob der Schwarm davon.
Einzig ein Mägdlein blieb am Feuer stehn,
aufrecht und zögernd, schwieg und sah mich an.
Hast du gesungen? fragt' ich. Doch sie schwieg.
Gottfried. Vergebt's dem Kinde, lieber gnädiger Herr,
denn Ottegebe war es, meine Tochter,
ein seltsamliches Ding, das ihrer Mutter
und mir schlaflose Nächte schon gemacht.
Heinrich. Ein seltsamliches Ding! Da hast du recht!
Gottfried. Und Herr, Ihr kanntet sie, nahmt sie zu Euch
aufs Roß so manchesmal, in alter Zeit.
Denn war sie scheuer auch schon dazumal
als eine Wachtel, die im Kornfeld nistet:
Ihr locktet sie hervor, Euch ward sie kirr.
Heinrich. Ja, damals, damals! Wohl erinnr' ich mich:
wenn ich von fröhlicher Pirsch in Klamm und Kluft
heimkehrte abends, müd, doch frohgemut,
da faßt' ich oft zuerst das Kind ins Auge
und grüßt' es lustig als mein klein Gemahl.
Ja, damals, damals! Wie das Herz mir schwoll
und tolle Mücken mir im Haupte tanzten,
ich weiß, ich weiß! – Nun sieh, ich bin so weit
entrückt aus jener goldenen Frühezeit,
daß Ottegebe mir, mein klein Gemahl,
nun ich sie wieder sah, so fremd erschien,
als hätte nie Diana, meine Hündin,
ihr ungestüm Gesicht und Hand geleckt,
als hätt' ich übers Haar ihr nie gestreichelt

noch ihr zur Kurzweil manche Jägerweise
geblasen auf dem Hörnlein, das ich trug,
wie ich doch oftmals tat.
*(Ottegebe bringt Honigwaben in einem Schüsselchen.)*

Gottfried. Dort kommt sie, Herr.

Heinrich. Was bringst du mir?

Ottegebe *(atemlos).* Ganz frischen Honig, Herr.

Heinrich.
Sieh doch nur an, du sprichst und bist nicht stumm!
Das ist mir lieb, und wo ich dies nun weiß,
mein Kind, so mußt du dort auf jene Bank
dich setzen und mir Red' und Antwort stehn.
Bedenkst du dich? Hast du denn Furcht vor mir?
Oh, ich bin zahm; so zahm! Du glaubst es kaum,
wie zahm ich bin! Wohlan, wie geht's dir?

Ottegebe *(windet sich in Schüchternheit).* Gut.

Heinrich. Wie? Immer gut?

Ottegebe *(fast vergehend vor Schüchternheit).*
Ja, Herr.

Heinrich. Dir geht es gut –
und Kaiser Friedrich mit der goldenen Krone
kennt Drangsal nur und Kampf und ewige Not!
Da bist du reicher ja als er, mein Kind,
von mir ganz zu geschweigen. – Wird dir nun
auch nie hier oben Zeit und Weile lang?
*(Ottegebe schüttelt verneinend den Kopf.)*
Was tust du, dir die Grillen zu vertreiben?

Ottegebe *(ohne zu antworten, windet sich in sehr großer Verlegenheit, schließlich sagt sie):*
Ich bete.

Heinrich.
Beten ist ein gutes Ding!
Zu welcher Heiligen betest du am liebsten?

Ottegebe *(wie oben).*
Die Jungfrau hat mich schon geheilt einmal.

Heinrich.
So?! Hat sie dich geheilt! Mir schlug sie Wunden!
Sie kann auch Wunden schlagen, glaube mir!

Ottegebe. Nein, Herr.

Heinrich. Wie? Nicht? Was meinst du? Meinst du, nicht?

Willst du mich unterweisen und belehren,
so unterweise und belehre mich!
*(Ottegebe schüttelt heftig verneinend den Kopf.)*

Gottfried.
Habt Nachsicht mit ihr! Denket, gnädiger Herr,
sie ist vom Siechbett unlängst erst erstanden.

Heinrich. Warum verbirgt sie ihre rechte Hand?

Gottfried. Wie, Herr?

Heinrich. Warum versteckst du sie?

Gottfried. Zeig her!

Ottegebe. Nein, Vater!

Gottfried. Ei, du Jungfer Eigensinn,
der Herr befiehlt. So weise deine Rechte!

Brigitte *(hinter der Szene).*
Gottfried!

Ottegebe. Die Mutter ruft! *(Sie will fort.)*

Brigitte *(hinter der Szene).* Gottfried!

Gottfried. Verzeiht!

Heinrich. Hab Urlaub!
*(Gottfried ab.)*
Sag mir nun in Eile noch:
kennst du mich denn?
*(Ottegebe nickt übertrieben.)*
Wer bin ich?

Ottegebe. Unser Herr.

Heinrich.
Die Otter hat ihr Loch, sein Nest der Vogel,
die Füchse haben Gruben, doch der Mann,
den du für einen Herren lässest gelten,
ist ohne Zuflucht — sieh, ihn brennt die Erde,
wohin er auch die Sohlen immer setzt,
wie Feuer der Hölle. — Warum lachst du?

Ottegebe *(die in ein kurzes, krankhaft freudiges Lachen ausgebrochen war, bezwingt sich und blickt nun wieder bleich, scheu und mit furchtsamen Augen).* Ich?

Heinrich. Wie heiß ich?

Ottegebe *(bebend).* Heinrich.

Heinrich. Heinrich — gut; wie noch?

Ottegebe.
Du heißest Heinrich Graf von Aue, Herr.

Heinrich.
Gott weiß es — ja —, so heiß ich. Und seit wann
kennst du mich, Kind?
Ottegebe *(bebend).* Seit wann?
Heinrich. Wie lange schon?
Ottegebe *(bebend).*
Seit . . . seit zwei Jahren.
Heinrich. Seit zwei Jahren? Wie?
Mir scheint, da irrst du! denn zum letztenmal,
auf Ritterwort, war ich in diesem Hause
vor gut neun Jahren — seit der Zeit nicht mehr.
Ottegebe *(in höchster Verlegenheit).*
Ich war noch klein!
Heinrich. Ach so, du warst noch klein!
Dann nimmst du's mit der Zahl der Jahre wohl
nicht so genau. — Vor zween Jahren, Kind,
lag dieser arme Gast, den du hier siehst
am magren Ranft hausbacknen Brotes zehren,
in Marmorhallen, wo die Brunnen klangen,
wo goldene Fische in den Becken flossen,
und wenn er schweifen ließ den trunknen Blick,
so war's dorthin, woher der Weihrauch quoll,
war's in die Zaubergärten Azzahras.
O liebes Kind, von solchen Paradiesen
hast du wohl nie geträumt, wo süß und schwer
Pracht auf uns lastet, Wonne uns bedrückt:
der Bambus zittert am verschwiegenen Platz,
von Zedern überdacht und überdunkelt,
die Azaleenbüsche breiten sich
wie blühende Kissen. Blaues Blütenblut
scheint dir das Meer, das Marmorstufen leckt
und Gondeln schaukelt, die von Edelsteinen
und Gold und Purpur blitzen. Und du hörst
Gesang. Die Sklavin singt; schwermütiges Blühn
auch hier! sie neigt sich zum Zypressenborn
und schöpft in Silbereimern . . . fremde Worte,
in heißer Flut der Seele aufgelöst,
umwehen dich. Du trinkst sie in dich ein
mit allen Düften, die der sanfte West
dir zuträgt, immer liebreich dich bedrängend. —

Doch dies beiseite! Jetzund bin ich hier,
bin zu Palermo, zu Granada nicht,
und bitte dich, mir weiterzuerzählen,
was du nach einer gar so langen Frist,
die dich so kurz bedünkt, noch von mir weißt.

Ottegebe *(bestürzt).*
Nichts, Herr! sonst nichts!

Heinrich. Das glaub ich nimmermehr.
Sonst nichts als nichts? Wie wenig wäre das?
Zu wenig fast für deine klugen Augen.
Jetzt aber frag ich aufs Gewissen dich,
klein Ottegeb! Sankt Ottegebe du,
mit deinem Heiligenschein aus Flachs und Seide:
wie nannt' ich dich in jener frühen Zeit?
Wie – sprich – wie nannt' ich dich? Nun? Dazumal,
wo du mir anhingst, traun, mehr als der Mutter,
wie pflegt' ich dich zu nennen? Sag es mir!

Ottegebe *(steht in höchster Verlegenheit von ihm abgekehrt, windet sich, kaut an Schürze oder Tuch und bricht mehrmals in Lachen aus, das sie aber sogleich erschrocken und ängstlich unterdrückt. Dabei knickt sie ein und bringt erst nach erneuten Ermunterungen mühsam, stockend und leise hervor).*
Mein klein Gemahl!

Heinrich. So recht! Mein klein Gemahl!
Bald wird ein wackrer Landmann nun dich nennen
im Ernst, wie ich im Scherz dich damals nannte.
*(Ottegebe erschrickt, wird totenblaß und läuft davon.)*
Wo willst du hin?

Ottegebe *(steht still, zittert).*
Mir schien's, der Vater rief.

Heinrich. Bleib nur und setze dich! Es wäre denn,
daß ich mir irgend deine Gunst verscherzte.
Wie, tat ich das vielleicht? Es wär mir leid.
*(Ottegebe ab, Gottfried kommt wieder.)*

Gottfried *(seufzend).*
Es ist nicht klug zu werden aus dem Kinde!
Denkt, was sie eben wieder hat vollbracht:
Die Mutter trifft sie, wie sie Waben schneidet
und selbst den Imker macht am Bienenstock.

Zerstochen sind ihr Arme, Brust und Hände.
Und diesen tollen Streich hat sie verübt,
weil ich vergaß, für Euren Tisch zu räumen,
womit sie mir schon anlag heute nacht.

Heinrich *(zugleich erstaunt, verdutzt und belustigt).*
Wie? Um ein wenig Süßigkeit für mich
läßt sie den Leib von Immen sich zerstechen? –
*(Er lacht laut heraus.)*
So geh denn, Gottfried, ruf mir meinen Knecht!
Ottacker soll aus meiner Satteltasche
das Kettlein greifen mit dem güldnen Mond,
ich will es meinem klein Gemahl verehren.
Im Ernst! – Was stehst du noch?

Gottfried *(zögernd).* Der Knecht ist fort.

Heinrich. Was? Wer ist fort?

Gottfried. Ottacker, Euer Knappe.

Heinrich. Was heißt das, fort? Wer hat ihn fortgeschickt?

Gottfried. Ich meinte, Herr, daß Ihr das würdet wissen.

Heinrich *(nachdem er sich gesammelt, tief heraus).*
Ich sollt' es wissen, doch ich wußt' es nicht.
*(Er steht auf und geht langsam und bleich, eine starke Erregung beschwichtigend, auf und nieder.)*
Geduld! – und hab auch du Geduld mit mir!
Hör zu! – Warum ich wiederkehrte, Gottfried,
in Euer grünes, tannenduftiges Grab,
du mußt's erfahren einstmals, noch nicht heut.
Um Gottes willen nimm mich auf indes,
als wär' ich Heinrich von der Aue nicht –
vielmehr ein Pilgrim, der um Obdach fleht,
um Obdach und um Frieden.

Gottfried. Gnädiger Herr . . .

Heinrich.
Käm' ich als Herr, so wär' ich nicht gekommen.
Verläßt den Herrn ein stets getreuer Knecht?
Ich kann ihn nicht erwürgen drob noch schelten!
Nein: was du mir gewährst, muß Gnade sein.
Nicht Gült und Zehnten komm ich zu erpressen:
Almosen heisch ich, Gottfried, freie Gaben,
Barmherzigkeit!

Gottfried. Mein Ohr betrügt mich, Herr!

Der reiche Heinrich von der Aue bittet
mich schlechten Bauersmann und armen Diener
um Gnaden, Gaben und Barmherzigkeit? –

H e i n r i c h. Der reiche Heinrich von der Aue ist
ein armer Heinrich von der Aue worden:
dies, Gottfried, sei fürs erste dir genug!
Es kommen Tage, Stunden – Stunden, Tage –
ach, lange Tage wohl und lange Stunden –
da werd' ich dir aus gleichem Tone harfen –
endlos! – ein Lied: es wird dir zum Verdruß
und ach! zum Überdrusse Antwort geben
auf alles, was dein Blick und Wort mich fragt.
Ich bleibe bei euch – Wochen! Monde! Jahre!
Und geh ich von euch einst ... doch davon still!
Nichts ist so dunkel, einst wird's offenbar.
Bescheide dich! Geduld! Friedloses Herz
muß rastlos Frieden suchen. – Gib mir das,
was auf der Stirne, biederer Mann, dir liegt!
Beschenke mich aus deinem Friedensschatz:
denn danach dürstet meine Seele mehr
als nach den Schätzen weiland Saladins.

*(Er geht langsam ab. Gottfried hat tief betroffen dem Davongehenden nachgeschaut. Brigitte kommt.)*

B r i g i t t e. Der Herr ging eben fort?

G o t t f r i e d. Verstehst du das?

B r i g i t t e.
Nein, Gottfried, ihn nicht und auch nicht das Kind!
Sie liegt, weint, schwört: sie müsse ihn erlösen.

G o t t f r i e d. Von was?

B r i g i t t e. Sie spricht: fragt Pater Benedikt!

## ZWEITER AKT

*Der Küchenraum im Hause des Meiers Gottfried. Großer eingerußter Herd mit Rauchfang in der Mitte. Blanke Küchengerätschaften aus Metall und Ton an den Wänden, auch mehrere Rüstungsstücke und Schwerter. Ein Herrgottswinkel mit Kruzifix usw. – Langer, roher Leutetisch mit Bänken. Rechts unweit des Herdes ein alter Lederstuhl, davor ein Hirschfell. Über dem Herd und an der Linkswand Hirschgeweihe, ein Auerochsengehörn, auch Armbrüste. – Winterszeit.*

*Brigitte, die Ärmel aufgestreift, füllt dem Pater Benedikt das dargebotene Säckchen mit Brot, Käse usw. Der Pater Benedikt ist noch nicht fünfzig Jahre alt; sein energisches, verwittertes Gesicht ist ehrwürdig, von schlohweißem Haar umrahmt; er trägt eine arg zerschlissene Kutte.*

Benedikt.
Ich weiß nicht! Fragt mich nicht. Sein Vater war
ein echter Templer. Als mein Vater starb,
reich und geehrt, obgleich ein Bauer nur,
mahnt' er zuletzt noch mich: sei treu dem Herrn!
Nicht nur dem Herrn im Himmel, wollt' er sagen,
sondern dem lieben irdischen, der ihm
die Habe mehren half durch manches Jahr,
Wein mit ihm trank und hinter seinem Sarge
hernach barhäuptig als ein Pilgrim schritt.
Brigitte. Sagt mir nur eins: ob er im Bann ist.
Benedikt. Nein,
nichts, nichts will ich Euch sagen, denn auch Ihr
habt Ursach' . . . Grund und Ursach' habt auch Ihr
zur Dankbarkeit. Ihr wißt nichts! Seht, wir leben
nicht in der Welt hier oben. Niemand fragt
nach uns: so laßt uns taub in Treuen sein.
Brigitte.
Wann soll ich Euch das Kind wohl wieder schicken?
Benedikt. In Gottes Namen! und sooft Ihr wollt.
Kommt sie, wird meine dumpfe Klause helle,
mein enges Waldkapellchen weit und groß,
der Heiland atmet, und Maria lacht,

und ich, von meiner Sünden Überlast
sonst fast erdrückt, kann mich vom Boden heben
und Gott, entsühnt, ins gütige Antlitz sehn.

Brigitte *(kopfschüttelnd)*.
Ach, Pater, wahrlich, gerne hör ich das!
Allein ich weiß nicht ... kann mir nicht erklären,
was Ihr da sagt. Verwandelt ist das Kind:
ein seltsam fremder Geist hält sie gefangen
auch hier, daheim bei uns, in letzter Zeit –
doch nicht der fromme Geist, von dem Ihr redet.

Benedikt.
Dies mag wohl sein. Hat erst des Rufers Stimme
aus unsrem Sündenschlaf uns aufgeweckt,
bleibt auch der Fürst der Finsternis nicht müßig,
glaubt mir, und so bedrängt er auch das Kind.
Doch sie ist wach, nicht mehr vom Schlaf befangen!
Darum gebt ihr den Lauf zum Heiligtume,
den Weg zu Schutz und Gnade, hört Ihr, frei
und kreuzt ihn nicht! Es ist mit einemmal,
als zögen dieses ungebärdige Kind
zahllose, unsichtbare Engelshände
zum Altar; und wenn sie dann so verzückt
ruht, im Geheimnis ihrer tiefsten Seele
eins mit dem Höchsten, wie ich fühle, dann
erkenn ich, daß sich hier ein Wunder wirkt
von jenen, die ins wahre Leben leiten.

Brigitte. Walt's Gott! Walt's Gott! Amen. So soll es sein.
Wär' sie nur auch bei uns hier mehr die Heilige!
Hier ist sie unhold oft und arg verstört
im Geist, daß ich mit Bangen manchmal denke,
ob Gott mich strafen will in diesem Kind. –
Ach, Pater! Reue kann ich nimmer finden ...
kann, weil ich sie so liebe, nichts bereuen.
Verstockung ist Sünde. Mag mich Gott bestrafen:
mich, mich mag er bestrafen! Nicht das Kind.

Benedikt *(ein wenig aus der Fassung)*.
Wohl! Wir sind Sünder! Sündhaft sind wir und
verderbt von Mutterleib. Allein Gott führt –
wenn er nur will – zu seiner Ehre alles
herrlich hinaus, und sei es noch so sehr

in Schwachheit gezeuget und in Sünden empfangen,
und dieses Kindes reiner Sinn und Mund
soll vor dem Throne des barmherzigen Gottes
uns kein Ankläger, nur ein Mittler sein. *(Beide ab.)*

*(Ottegebe tritt ein, blaß und still. Tannenreiser, die sie mitgebracht, legt sie auf den Tisch; einige kleinere Zweige trennt sie davon ab, begibt sich ans Kruzifix, küßt die Füße des Holzbildes und schmückt es mit Nadelgrün. Nun tritt Brigitte wieder ein, gewahrt und betrachtet Ottegebe, horcht, als draußen vorübergehend Lärm entsteht, und sagt:)*

Brigitte. Was kreischen unsere Mägde auf der Tenne?

Ottegebe *(nachdenklich, leise, mit innerer Bewegung).*
Ein armer Siecher bettelt auf dem Hof.

Brigitte. Wer bettelt? Rede deutlich! Hörst du nicht!?

Ottegebe. Ja, Mutter. Einer von den Gottesleuten.

*(Man hört den knöchernen Ton einer Klapper.)*

Brigitte. Ist das nicht seine Klapper, was man hört?
Jagt ihn! Daß nicht Herr Heinrich ihm begegne.

Ottegebe. Warum denn, Mutter?

Brigitte. Was? Was meinst du?

Ottegebe. Nichts.
Weshalb soll unser Herr ihm nicht begegnen?

Brigitte. Deshalb und darum. Schweig und frage nicht!

Ottegebe.
Herr Heinrich, Mutter, schreibt in seiner Kammer. *(Stille.)*
Der Pater meint: wo nicht die Menschen sich
auflehnten gegen Gott, nicht seine Gnade
und Liebe von sich stießen — wenn sie nicht
durch Ungehorsam und durch Lästerung
des Allerbarmers Güte bitterlich
verhöhnten, wäre auch dies Übel nicht
über die Welt verhängt.

Brigitte *(schafft wacker mit Schüsseln und Töpfen, richtet dabei prüfende Blicke verstohlen auf Ottegebe).*
Die Zeiten sind
schlimm. Treu und Glauben sind verschwunden. Ja,
da hat er recht.

Ottegebe. Die ganze Christenheit,
sagt er, sei von des Teufels Gift zerfressen,
Mutter, das wolle Gott im Bilde uns

weisen. Und jedes Miselsüchtigen Leib,
Mutter, sagt er, ist solch ein Spiegelbild.
Brigitte. Mag sein.
Ottegebe. Und manchmal weint der Pater, geißelt
den Rücken sich und spricht: ihm sei zumute,
als habe Gott von der verstockten Welt
sich zornig und auf immer abgewandt.
Brigitte *(bekreuzigt sich).*
Gelobt sei Jesus Christus, unser Heiland! *(Stille.)*
Ottegebe *(unruhiger).*
Der Pater sagt: der Jüngste Tag sei nahe –
die Stunde des Gerichts sei vor der Tür.
Ist dir nicht bange, Mutter?
Brigitte. Furcht und Bangen
ist hier auf Erden unser aller Teil.
Ottegebe.
Die Brunnen des Abgrunds speien Glut und Rauch,
erstickende Dünste, Krieg und Pestilenz,
sagt Pater Benedikt. Würgengel schreiten
durch aller Menschen Städte. Es entgeht
kein Sünder, sagt er, ihrem Racheschwert.
Brigitte.
Kommt die Vergeltung, kommt sie früh genug:
was hilft's, sich heute schon deshalb beängstigen! – *(Stille.)*
Ottegebe.
Der Schwarze Tod verschont auch Fürsten nicht.
Brigitte. Nein.
Ottegebe. Keines Schlosses Turm und Mauer schützt
vor Aussatz.
Brigitte. Nein.
Ottegebe. Es war einmal ein Graf,
Mutter! Der tanzte mit des Kaisers Tochter
im Saal. Sie war schon heimlich seine Braut! –
Da rief des Kaisers Leibarzt ihn ganz leise
bei Namen und hieß den Jüngling mit ihm gehn:
selbander stiegen sie in ein Gezimmer.
Dort sprach der Arzt . . . sprach: Zeig mir deine Hand!
Und als der Herr und Fürst die Hand ihm zeigte,
wies ihm der Meister ein vertieftes Mal
in seiner weißen Haut und sagte das:

Herr, deine schwerste Stunde ist gekommen,
sei standhaft! Du bist unrein.

B r i g i t t e. Was für Märchen
erzählst du? Träumst du?

O t t e g e b e. Nein! — Schalmeien
und Flöten hört' er da nicht mehr . . .

B r i g i t t e *(heftig).* Kind, Kind, fasele nicht!
*(Ein langes Küchenmesser schiebt Brigitte unversehens vom Tisch, auf dem sie hantiert. Ottegebe erschrickt so sehr, daß sie zusammenfährt, unterdrückt aufschreit und zittert.)*
Was ist? Was hast du?

O t t e g e b e. Nichts . . . nichts, Mutter.

B r i g i t t e. Gib!
Heb auf das Messer!
*(Ottegebe beugt sich, tut frostgeschüttelt und zähneklappernd, wie ihr geheißen worden ist, und legt, tief aufseufzend, das Messer wieder auf den Tisch.)*
Bist du unpaß, Kind?

O t t e g e b e *(schüttelt, wie abwesend, den Kopf).*
Mutter, glaubst du . . .? Hat Isaak gewußt,
damals, als ihn sein Vater schlachten wollte,
was Abraham mit ihm im Sinne trug?

B r i g i t t e. Nein. Doch was soll dies alles? Warum wühlt
dein Geist in solchen gräßlichen Geschichten?
Danke dem Schöpfer, daß er heute nicht,
wie ehmals, blutige Opfer von uns fordert.

O t t e g e b e. Jesus!? — Gab Gott nicht selber seinen Sohn
zur Sühne an das Kreuz für unsere Sünden
und ließ ihn seinen Weg nach Golgatha
sehenden Auges tun? — Mutter: wem Gott
die Kraft gibt, bis ans Ende auszudulden
die bitteren Schmerzen für des Nächsten Heil,
der, sagt der Pater, ist vor Tausenden
erwählet und beglückt. Und Kraft des Bluts,
unschuldig und freiwillig hingegeben,
ist wie ein lauterer Brunn des ewigen Heils
und schon auf Erden hier so wunderkräftig,
daß selbst aussätzige Haut, damit besprengt,
rein wird und fleckenlos.

Brigitte. Kann sein, mag sein!
Ottegebe. Mutter, weißt du, was unsere Knechte sagen?
Brigitte. Nein.
Ottegebe. Wenn es redlich ginge in der Welt,
so müßt' er längst mit Stang' und Klapper betteln . . .
Brigitte. Wer?
Ottegebe. . . . wie im Hof der Sieche – und im Feld
der Ausgestoßenen seine Hütte baun.
Brigitte. Der Aberwitz treibt wunderliche Blüten.
Kind, geh und sorge für das Vesperbrot! –
Der Herr ist krank, doch einzig im Gemüt.
Und läg' auf ihm der grausenvolle Schnee
der Miselsucht, wer könnte dann ihn retten?
Kein Arzt, kein Priester und kein Opferblut.
Ottegebe *(fast weinend vor Erregung)*.
Doch, Mutter! Und in Welschland, in Salerne,
lebt so ein Meister, der mit Blute heilt.
Brigitte. Wer sagt das?
Ottegebe. Ottacker! Das schwur er mir,
und Bruder Benedikt hat mir's bestätigt.
Brigitte. Gut. Also mag es sein. Und nun genug
und weiter nichts . . . nein, gar nichts will ich hören,
und du wirst schweigsam an die Arbeit gehn!
Niemand ist krank, kein Opfer tut uns not.
Was auch der tolle, ausgelaufene Knecht,
leichtgläubiger Kindskopf, dir sonst aufgebunden:
bald wird der Herr gesund von hinnen ziehn.
Ottegebe *(plötzlich in verzweifeltes Weinen ausbrechend)*.
Ach, Mutter! Mutter! Wenn er uns verläßt . . .
Brigitte.
Herr Heinrich? – Geb' es Gott! Was weinst du da?
Meinst du, in unserer Bretterhütte sei,
in unserm Entenpfuhl und Küchengarten
für einen königlichen Mann gleich ihm
der rechte Tummelplatz?
Ottegebe *(schluchzend)*.
Ich will . . . ich will,
ich will ins Kloster gehn! Denkst du, ich könnte,
wenn's etwa euch gefiele, einem Bauern
mich zu verloben . . .

Brigitte. I, kommt Zeit, kommt Rat!
Was Gott will, wird geschehen, und solche Hoffart
schlägt er wohl auch noch mit den Jahren nieder.
Ich aber sage dir: wenn je dereinst
ein Bursch kommt, dich vom Vater zu begehren,
ein braver Sohn aus schlichtem Bauernblut,
so sollst du Gott dafür im Staube danken.

*(Der Meier Gottfried führt Hartmann von der Aue herein. Dieser ist ein schlichter Edelmann, einige Jahre älter als Heinrich, mit schon ergrautem Bart. Er trägt einen leichten Harnisch, Helm, Schwert, Sporen und einen langen Pelzmantel überm Arm.)*

Gottfried.
Herr Ritter, tretet ein! Wärmt Euch, Herr Ritter!
Hier brennt ein lustig Feuer, das sich lohnt,
und Wärme tut Euch not. *(Zu Brigitte.)* Wo ist der Herr?
Mutter, dies ist Herr Hartmann von der Aue,
Herrn Heinrichs Dienstmann und getreuer Freund.
Ein wackrer Ritt hierher vom Schloß zu Aue
bei solcher Jahreszeit! Setzt Euch!

Hartmann. Habt Dank!
Die Luft geht scharf und kam aus Mitternacht
mir leider Gotts entgegen, doch meine Falbe
hat wacker sich gehalten durch die Berge,
und stunden wir auch manchmal im Gewölk
und fanden, dicht umhüllt von Schnees Wirbeln,
Wegzeichen nicht noch Spur, wir drangen durch
und schrittweis' stetig vorwärts. – Auf dem Klepper
sinnierend hängen in der Winterstille
und langsam aufwärtsdringen ins Gebirg
durch Wettertannicht, hoch verschneit und dick
beschwert und überglast die Äste, wo
es je zuweilen spröde klirrt und klingelt
und sonst kein Laut sich rührt, ist meine Lust.
*(Freundlich gegen Ottegebe.)*
Und sind die kleinen Vöglein auch verstummt:
es zwitschert unterm Rosseshuf der Schnee
bei jedem Tritt, so daß ich lausch und spitze
und horch und mich versinn und fast verliere,
wie Petrus Forschegrund, als ihm das Vöglein

des Paradieses sang und tausend Jahre
gleich einer flüchtigen Stunde ihm verrannen.

Brigitte. Nehmt Platz, Herr Ritter!

Hartmann. Diese junge Magd
ist Eure Tochter?

Brigitte. Unsere einzige, Herr.

Hartmann.
Und — hab ich recht? — Herrn Heinrichs klein Gemahl.

Brigitte. In alten Zeiten, wo sie noch viel mehr
ein Kind als heute war, Herr Ritter, und
der gnädige Herr ein Knabe, aufgelegt
zu Scherz und Kurzweil, hat er wohl zuweilen
sie lustigerweise so genannt.

Gottfried. Ei, Mutter,
er tut es immer noch. Und gestern erst,
hier am Kamin, als Ottegebe ihm
den Schemel unter seine Füße schob,
hört' ich ihn sprechen: Dank dir, Ottegebe,
mein klein Gemahl. Hab ich nicht recht?

Ottegebe. Ja, Vater.

Hartmann.
Gewißlich habt Ihr recht! Und du, mein Kind,
laß diesen Ehrennamen dir nicht rauben:
er kommt dir zu. Nicht übermütigerweise,
wie Ihr es, gute Frau, zu glauben scheint,
nennt unser Herr das Mägdlein sein Gemahl,
vielmehr höchst ernsthaft, hier, in diesen Briefen,
wo er voll hohen Lobes für sie ist
und ihre wackre Pflege treulich rühmt.

*(Ottegebe hält die Hand der Mutter und drückt sie in übergroßer Verlegenheit und Bestürzung so stark, daß Brigitte fast aufschreit.)*

Brigitte.
Kind, was denn!? Seh' doch einer an! — Sie drückt die
Hand mir lahm.

*(Ottegebe lacht, hebt den Arm vor die Augen und läuft davon, ab.)*

Gottfried. Nun ja, das muß ich sagen,
sie hat ein schlichtes Lob sich wohl verdient.
Springende Launen waren sonst ihr Teil . . .

Brigitte.
Gieß Wasser in den Wein, ich bitt dich, Gottfried!
Du weißt, wie jach es ihr zu Kopfe steigt. *(Brigitte ab.)*
Hartmann. Vor allen Dingen sagt: wie geht es ihm?
Gottfried *(betrachtet Hartmann, seufzt und sagt):*
Wie es ihm geht? Ja, Herr, da fragt Ihr viel,
und schwerer, als Ihr meint, ist Antwort geben.
Im Grunde weiß ich nicht: er scheint mitunter
so frisch, wie irgend je in guten Tagen;
dann wieder kommt mir's vor, als sei er krank,
viel kränker, als wir meinen. – Manchmal denk ich,
's ist ein geheimer Gram, der an ihm frißt,
wo Ihr vielleicht die Auskunft geben könntet.
Auf einmal wieder, wenn sein Blick mich etwa
mit kranker Glut von ungefähr getroffen,
so schnürt sich mir Kehle und Brust zusammen,
und eine Stimme hier inwendig will
mich glauben machen, daß Gott diesen Mann
mit seinen schlimmsten Strafen heimgesucht.
Hartmann.
Ihr wißt, daß unser Herr mich her berief?
Gottfried. Nein, Herr!
Hartmann. Nun, unser Herr berief mich her.
Und hat er sonst Euch nichts eröffnet, Gottfried?
Gottfried.
Nein! Nichts, Herr Hartmann. Seht, Ihr müßt bedenken:
einsiedlerischer als ein Mönch im Kloster
von strengster Observanz lebt unser Herr.
Zwei Worte, wenn sie ihm die Mahlzeit bringt,
zu Ottegebe sind das einzige oft,
was er des Tages spricht. Er liest in Büchern,
wacht viel des Nachts und schläft dafür am Tage.
Und treff ich ihn auf seinen Streifereien
von ungefähr, am Feldrain oder sonst,
und zieh den Hut, so dankt er nur von ferne
auf meinen Gruß und weicht geflissentlich
mir aus. So ging es während ganzer Wochen,
daß weder ich ihn sprach noch auch Brigitte,
nur einzig Ottegebe; und auch sie
scheucht oft ein barsches Wort von ihm zurück.

Hartmann.
Es scheint nun, im Vertrauen sag ich's Euch —
ich wenigstens entnehm es seinen Briefen —,
die Tage sind gezählt, die unser Herr
noch unter Eurem Dach verweilen wird.
Gottfried.
Ich merkt' es wohl, daß was im Werke stund,
wir alle fühlten's. Und noch gestern abend —
hier auf dem Lehnstuhl saß der liebe Herr —
sprach er so seltsam plötzlich und so trüb,
nach langem Fremdsein wieder so vertraulich,
daß uns die Tränen nahe waren, just,
als wär's ein Abschied. Und so soll sich's wirklich
erfüllen, was wir dunkel vorgeahnt.
In welchem seiner Schlösser wird er wohnen?
Hartmann. Wohin er sich will wenden, weiß ich nicht.
Doch daß er rückkehrt in die Welt zuvörderst,
sich seinem Lehne zeigt im Schloß zu Aue,
tut not — denn ein Verschollner ist er fast.
Man fragt, man munkelt, und sein Vetter Konrad
führt laute Reden, reckt den Kopf gewaltig,
klirrt mit den Sporen unterm Tor zu Aue
und tut, als stünde Heinrichs Name längst
im Kreuzgang, neben Grave Wilhelms Gruft.
Gottfried. Herr, wir verlieren viel, wenn er nun geht —
und glaubt es mir, er geht. Seht, unser Dasein ...
ein ewiges Einerlei im engsten Kreis;
getrennt von aller Welt, in dieses Waldtal
hineingezwängt, das durch Herrn Heinrichs Güte
uns niemand streitig macht, leben wir immer
den gleichen Tag, hören die gleichen Stimmen,
und wenn die Seele, eingesperrt im Grünen,
nach einem Menschen ruft, so schallt als Antwort
das Echo aus den Nadelwäldern wider.
Seltsam und dennoch wahr ist, was ich sage:
der kranke Mann und oft so trübe Gast
erfüllt mir das Gemach mit Festesglanz,
solang er bei uns weilt. Und nun von fern
winkt gähnend das Gespenst des Alltags wieder
im spinnwebgrauen, schleppenden Gewand.

Mit allen Sorgen, Mühn und Kümmernissen
war's eine hohe Zeit für unser Tal,
die nun zu Ende geht.

Hartmann. Wem sagt Ihr das?
Mir? Seinem Freunde, seinem Zeltgenossen,
der übers Meer ihm folgte und durch Jahre
von seiner Seite nicht gewichen ist?
Ihr habt ihn nie gesehn in seinem Glanz,
bestrahlt von Friedrichs kaiserlicher Gunst,
den süßen, stolzen Mann! Als sich die Frauen
in seines blauen Auges lachenden Blitz,
fast toll vor Liebe, drängten, Herzoginnen
um seine Pfänder – Handschuh, Borte, Tuch –
sich so erzürnten, daß drei Liebeshöfe
sie wiederum zu einen nicht vermochten.
Er glich dem Stern ob Friedrichs Haupte, klar
und göttlich es umlichtend, und wir alle
genossen von dem Glanze seiner Gaben.
Fast drehte sich im kaiserlichen Lager
um Heinrich, Heinrichs Worte, Heinrichs Liede,
um Heinrichs Jäger, Arzt, Roß, Hund und Federspiel
mehr das Gespräch als um die Majestät
des Kaisers selbst, die nie zur Tafel ging,
Heinrich von Aue schritt ihr denn zur Seite.

Gottfried *(schon vorher unruhig).*
Ich hör ihn kommen.

*(Heinrich ist schnell und überraschend eingetreten. Er ist vernachlässigt, verstört, blaß.)*

Hartmann *(der sich gesetzt hatte, springt erschrocken und von Heinrichs Aussehen betroffen auf die Füße).*
Liebster, gnädiger Herr!

Heinrich *(macht eine unwillkürlich abweisende Geste und verzieht das Gesicht, wie wenn ihm das laute Wesen Hartmanns physischen Schmerz verursacht hätte; dann sagt er mit erzwungener Kälte leichthin).*
Bist du schon hier?

Hartmann. Ja, Herr!

Heinrich. Das wußt' ich nicht.

Hartmann *(seine Erschütterung schlecht verhehlend).*
Mein gnädiger, lieber Herr, wie geht es Euch?

Heinrich *(kurz).*
Ich dank dir. — Gottfried, wo ist Ottegebe?
Gottfried. Ich will sie suchen gehn.
Heinrich. Ja, tue das!
*(Gottfried ab. Heinrich nimmt auf dem Lehnstuhl Platz, wendet den Blick halb zurück, streift den mit seiner Bewegung ringenden Hartmann und sagt, mit einer belegten, von langem Schweigen gleichsam verrosteten Stimme, erzwungen ruhig:)*
Was stehst du, Freund? Nimm Platz! Wie lebst du, Hartmann?
Was hast du, Freund?
Hartmann. Ach, liebster, gnädiger Herr ...
Heinrich *(mit einer hohlen, tiefen, leisen und bebenden Stimme, die in gewaltsam beherrschter Erregung zuweilen aussetzt).*
Ja — liebster, gnädiger Herr? — was soll mir das?!
Meinst du, ich habe dazu dich berufen,
daß du die Hände ineinanderringst
und liebster, gnädiger Herr mich nennest? Wie?
Komm, wenn du eine Stunde übrig hast
für mich! Da, rück den Schemel dir ans Feuer,
daß wir wie Männer miteinander reden!
*(Hartmann rückt den Schemel heran und läßt sich, bevor er niedersitzt, auf ein Knie herab, um Heinrichs Hand zu küssen. — Heinrich, die Hand heftig zurückziehend:)*
Laß! Dies sind Narrenspossen. Setze dich!
*(Hartmann steht auf, wendet sich halb ab, sich verstohlen die Augen tupfend.)*
So bist du doch gekommen, guter Freund,
da mich doch andere schon seit Monden flohen.
Bist du nicht bange? Fürchtest du dich nicht?
*(Übergleitet Hartmann mit einem schnellen Blick.)*
Was hast du wohl gedacht, als ich dir schrieb,
mein wackrer Hartmann? Wähntest du vielleicht,
du solltest neue Lied' von mir empfangen
und etwa meiner Sehnsucht Bote sein
zu einer reinen Frauen? — Nein, mein Freund!
Fürwahr, ich litt von Minne oftmals Not!

Nun aber nicht mehr. Diese Not ertrank
in einer andern, ja, was irgend mich
vordem bedrängt an Nöten, was an Schmerzen
mich feindlich heimgesucht, ertrank in ihr,
daß ich an das ertrunkene Weh muß denken
wie an verlorenen Reichtum. – Doch genug!
Es geht mir leidlich wohl. – Was sagen nun
die guten Vettern draußen in der Welt,
die liebe Magschaft, daß ich schon seit Monden
im tiefen Schwarzwald meine Tage lebe,
versteckt gleichwie der Dachs in seinem Bau?
Was sagen sie? Was meinen sie dazu?
In welchem Lichte sehen sie's?

Hartmann. Herr Heinrich,
wenn's irgend sein kann, so erspart es mir,
erspart es Euch, Gerüchte mancherlei,
teils gut, teils bös geartet, aufzuzählen,
die sich erzeugen mußten, wie die Welt
nun einmal ist, seit Ihr so unvermutet
den Rücken ihr gekehrt.

Heinrich. Sie sagen wohl:
weil ich im Bann sei, als des Kaisers Freund,
so wäre Gottes Fluch auf mich gefallen?

Hartmann.
Erlaßt es mir!

Heinrich. Sprich du nur dreist heraus!
Die Lüge reicht zur Wahrheit nicht hinan
mit allen ihren giftgetränkten Pfeilen;
drum darf ich ihrer spotten, glaub es mir!
Doch du verstehst mich nicht!

*(Ottegebe tritt ein.)*

Wenn einer sagt:
Heinrich, der Herr, er trug sich wie ein Türk,
der seidene Turban saß auf seinem Haupt,
Araberblut war sein milchweißer Hengst,
und klingelnd unterm Zeichen des Propheten,
umhüpft von güldnen Monden, schritt das Tier;
ihm hat dafür der Gott der Christenheit
das Zeichen von Aleppo angeheftet:
sieh, wer so spräche – löge nicht genug.

Hartmann. Was ist das Zeichen von Aleppo, Herr?

Heinrich.

Nichts. Nichts. Es steht in Büchern, lies es nach!
Genug davon! *(Zu Ottegebe.)* Tritt näher, Ottegebe!
Begib dich eilends, Kind, in mein Gemach!
Auf einem Tische findst du Pergamente,
von mir beschrieben und mit meinen Siegeln,
die bringe mir.

Ottegebe. Ja, Herr. *(Ottegebe ab.)*

Heinrich. Sieh! dieses Kind
ist mir ein unerkauft freiwilliger Sklave,
und all mein niedres Ingesinde, alle
Verschnittenen, die ich hielt, mein ganzer Troß
von Dienern konnte mehr nicht tun für mich
als sie allein. – Und wenn ich hundert Wünsche,
ja, ihrer tausend hätte jeden Tag:
für ihren Eifer ist's ein Spiel, er würde
doch immer ungesättigt zu mir flehen
mit einem hündischen Bettlerblick der Treue. –
Nun also, was entbehr ich? Daß mein Bart
ein wenig wild ins Kraut schießt, wie man sagt,
daß ich nach Ambra nicht und Moschus dufte
wie an des Kaisers Pfalz – nun, um so besser
ist mein Geruch vor Gott vielleicht geworden,
der, wie es scheint, Arabiens Wohlgerüche
nicht liebt. Und ähnl' ich so dem Tiere mehr –
wohlan! so häut ich mich vielleicht einmal,
und es entpuppt, wie's ja zuweilen schon
geschehen ist, sich aus dem Tier der Heilige.

Hartmann.

Mein Herr und Freund, mein lieber, gütiger Herr,
laßt Euch erbitten und erklärt Euch frei!
Ich bitt Euch! Wenn ein unbekannter Gram
heimlicherweise Euch am Herzen frißt,
macht doch ein Ende, gnädiger, bester Herr,
mit Heimlichkeiten, daß ich mich mit Euch
kann wappnen wider den geheimen Feind!
Was traf Euch so? Was ist Euch?

Heinrich *(mit ablehnender und beschwichtigender Geste mühsam).* Nichts, mein Freund.

Nichts traf mich. Sage mir: war nicht Gehasi
ein Diener des Elisa?
H a r t m a n n. Gnädiger Herr ...
H e i n r i c h. Weißt du, aus was für Ursach' ich so frage?
H a r t m a n n. Nein, Herr, ich bin zu wenig schriftgelehrt.
H e i n r i c h.
Nun, bis Mariä Lichtmeß wirst du's wissen. *(Stille.)*
Hab nur Geduld mit mir, du tapferer Mann!
Ein Beichtiger braucht Geduld. Laß dir's genügen,
zu wissen, daß ich eine Wallfahrt tue,
eilenden Schritts, dem Mekkapilger gleich,
und frage nicht, nach welchem Ziel.
H a r t m a n n. Herr Heinrich,
Ihr sprecht nicht, wie ein Freund zum Freunde soll.
Mir aber liegt es ob, in Euch zu dringen,
nicht abzulassen und in keinem Weg
und nimmermehr zu ruhn, bis daß ich weiß,
was Euch am besten Marke heimlich zehrt.
Was traf Euch so? Was ist geschehn? Was stieß
aus Eurer Bahn Euch also jäh? Ihr stundet
doch herrlich da im triumphierenden Licht
der Freude. Euer Fuß berührte kaum
das Erdreich, wo Ihr schrittet, und es hielt
ein Engel, schien es, über Euch den Schild
in Tjost und Schlacht, bei allem, was Ihr tatet.
Von einer Fahrt, zu Gottes Ehr' getan,
kommt Ihr, bedeckt mit Ehren selber, heim. —
Euch flog der Ruhm voraus. Statt nun zu ernten,
was Eure frohe Tatenkraft gesäet,
laßt Ihr den goldnen Halm im Felde faulen.
War nicht des Kaisers Hand Euch aufgetan
in Gnaden, dankbar überwallend nicht
sein Herz? Hat seine Mildigkeit Euch nicht
den schönsten Lohn erlesen allbereits —
ein staufisch Fürstenkind? Nun sagt mir doch:
warum, in Gottes Namen, flüchtet Ihr
in diese Ödenei vor Eurem Glück
und laßt dahinten, was nie wiederkehrt?
H e i n r i c h *(wendet sich um und sieht ihn lange, groß und weh an; als er mit Sprechen beginnen will, ist ihm*

*die Stimme verrostet, er muß husten und aufs neue ansetzen).* Das Leben ist zerbrechliches Geräte,
mein Freund, sagt der Koran, und sieh, das ist's. –
Und dies hab ich erkannt! Ich mag nicht wohnen
in eines ausgeblasenen Eies Schale.
Und willst du Rühmens viel vom Menschen machen,
wohl gar ihn Ebenbild der Gottheit nennen?
Ritz ihn mit eines Schneiders Scher'! – er blutet.
Stich eines Schusters Pfriem' ihm haarestief
hier in den Puls, da oder da, auch dort,
auch hier, auch hier – und unaufhaltsam strömt,
nicht anders, wie das Brünnlein aus dem Rohr,
dein Stolz, dein Glück, dein adliges Gemüt,
dein göttlich Wähnen, deine Lieb', dein Haß,
dein Reichtum, deiner Taten Lust und Lohn,
kurz alles, was, törichten Irrtums Knecht,
du dein genannt!
Sei Kaiser, Sultan, Papst! In Grabeslinnen
gewickelt, bist du nur ein nackter Leib,
heut oder morgen mußt du drin erkalten.

H a r t m a n n. So spricht der trübste Mut . . .

H e i n r i c h. Einst war er leicht!
Ach! Ich vergaß vor lauter Tanz das Gehn –
vor lauter Lobgesängen hatt' ich fast
verlernt zu sprechen, und mein Wandeln war
mit aufgehobenen Händen, voll Vertrauen:
ein Glück und ein Gebet und ehrfurchtsvoll. –
Doch wie ich heimzog, heim, in eitlem Wähnen
der Gottesnähe, fast seraphisch klingend
vor innerem Jubel ob der frommen Tat
im Rücken . . . heim mit dem geweihten Schwert:
da lagen ferne schon auf meiner Spur
die schmutzigen Hunde meines Schicksals, winselnd
und hackend in die Luft vor Gier nach Blut.
Wo ist der Jäger, der mir das getan,
daß ich ihn könnte stellen?!
*(Er ist aufgestanden und geht umher. Ottegebe bringt die Pergamente, wartet stumm. Heinrich nimmt Ottegebe die Pergamentrollen aus der Hand.)*
Höre zu!

Hartmann.
Herr, Herr, ich bin kein Pfaff' noch Pfaffenknecht,
Ihr wißt es. Doch in meine Seele schlagen
die Worte fremd und furchtbar, die Ihr sagt.
Was immer Euch betroffen hat . . . was auch
der ewige Richter über Euch verhängte:
beugt Euch in Demut! Beugt Euch unters Kreuz!

Heinrich.
Ich bin des Kaisers Lehnsmann, und ich nahm
dereinst vom Kardinal von Ostia
mit ihm zugleich das Kreuz. Es blieb mir treu.
Einst war's ein Kreuz auf meinen Rock genäht,
nun wuchs es tief mir ein in Mark und Blut,
und nur der Tod dereinst – was willst du mehr? –
wird mich von meinem Kreuze scheiden. Freund,
laß alle Litanein! Sie sind an mir
verloren dieser Zeit. *(Zu Ottegebe.)* Geh, klein Gemahl!
Ich danke dir, doch hebe dich hinweg!
Willst du mir weiße Händ' aus Wolle stricken,
beeile dich! Sie kommen leicht zu spät.
Geh! Was ich jetzt dem Ritter muß eröffnen,
ist nur für seine Ohren, nicht für dich.
*(Ottegebe ab.)*
Wohlan! das Pergament von meinem Tisch
enthält, was etwa Heinrich von der Aue
noch wünschen mag in eurer Welt . . . schweig still,
Freund, unterbrich mich nicht und sei bedacht,
daß du auf alles achtest, was ich sage!
Du sollst mein Bote sein, sollst diese Schrift
in Bernhards, meines Oheims, Hände legen.
Es ist mein letzter Wille – still, mein Freund!
Voreilig ist der Mensch, sagt der Koran. –
Was mich getroffen hat, was ich erfuhr . . .
kurz, forschet nicht danach! Denkt, ich ward weise
und sehend, aber forscht nicht, was ich sah
und wie ich sehend wurde. – Grüble nicht!
Denn so ins Wüste trägt dein frommer Geist
dich nicht, daß du's ergründen solltest, Hartmann.
Laß ab! – und wer mich liebt, der forsche nicht.
Was euch zu wissen frommt, das steht verzeichnet.

Laßt mir, was mein ist, und so sei's genug.
Ich aber will nun wandern wiederum —
freiwillig, Freund — den mir bestimmten Weg
und ohne Zaudern, strack! Denn daß ich sollte,
wie andere Krüppel tun, die Straße säumen,
als armer Lazarus im Schlamme wühlen,
mit meiner Schande, meinen Schwären prunken,
nach Hunden krächzen, die sie lecken sollen,
ist in dem Buch des Schicksals nicht verzeichnet.
Und stünd' es so, bei Gott! ich löscht' es aus! —
Leb wohl! Und ist ein Jahr ins Land gegangen,
so ist mein Leiden just so lange tot,
und über meines Jammers Grube sind,
ach, wieviel milde Balsamregenschauer
bereits herabgerauscht. — Ade! Ade!
*(Nach kurzer, unheimlicher Pause, außer sich, losbrechend.)*
Jetzt aber raffe dir dein reines Kleid
zusammen, Freund, und flieh! Flieh! sag ich, flieh!
Schüttle den Staub von deinen Schuhen, flieh!
Und wenn dich jemand am Gewand will halten,
so lasse dein Gewand in seiner Hand
und fliehe, fliehe!

Hartmann *(bestürzt).*
Herr, was redet Ihr . . .

Heinrich. Ich sage, flieh! Sieh dich nicht um und flieh!
Rühr mich nicht an und flieh! Rühr mich nicht an!
Denn ich bin so beglückt vom Himmel worden,
daß ich Verderben spei'n muß um mich her!
Ich bin ein solcher Held, daß Helden laufen
vor meiner unbewehrten Hand: Berührung
von ihr bringt Schlimmeres als den Tod.
Die Magd, flüchtig von meines Auges Strahl getroffen,
sie stirbt vor Ekel, wenn sie mein gewahrt . . .

*(Ottegebe ist eingetreten; blutlos, wie ein Wachsbild, verfolgt sie mit zitternden Lippen und starren Augen den Tobenden.)*

Hartmann.
Kommt zur Besinnung, Herr, Ihr rast, Ihr tobt!

Heinrich.
So pack ein Scheit, dein umgekehrtes Schwert,

was dir zur Hand ist, nimm und schlag mich nieder!
Erlöset mich und euch von mir zugleich!
Was tut ihr doch, wenn ein tollwüt'ger Bracke
am hellen Tage dringt in euren Hof?!
Was zaudert ihr? Macht's kurz! Faßt euch ein Herz!
*(Gottfried und Brigitte sind hereingestürzt.)*
Ihr alle, alle, kommt herbei und seht:
Heinrich von Aue, der dreimal des Tags
den Leib sich wusch, der jedes Stäubchen blies
von seinem Ärmel, dieser Fürst und Herr
und Mann und Geck ist nun mit Hiobs Schwären
beglückt von der Fußsohle bis zum Scheitel!
Er ward, lebendigen Leibs, ein Brocken Aas,
geschleudert auf den Aschenkehrichthaufen,
wo er sich eine Scherbe lesen darf,
um seinen Grind zu schaben.

*(In Ottegebes Gesicht ist von innen her nach und nach eine seltsame, fast selige Verzückung aufgestiegen. Als Heinrich zusammenbricht, entringt sich ihrer Seele ein Aufjauchzen seliger Befreiung; sie stürzt zu Heinrichs Füßen und überdeckt seine Hände mit rasenden Küssen.)*

Ottegebe. Liebster Herr!
Herr! lieber Herr! denkt an das Gotteslamm!
Ich weiß . . . ich will . . . ich kann die Sünden tragen.
Ich hab's gelobt! Du mußt versühnet sein!

# DRITTER AKT

*Felsige Wildnis, mächtige Nadelbäume und herbstlich gefärbte Laubbäume. Im Hintergrund, über einem Wiesenplan hin erreichbar, eine Höhle. Der Eingang ist durch ein rohgezimmertes Gestänge umrahmt. Unter dem Gestänge trokkenes Laub, Kochgerätschaften, eine Axt, eine Armbrust usw. Herbstabend.*

*Heinrich, verwahrlost und verwildert, mit ungeschorenem Haupthaar und Bart, gräbt auf der Wiese mit Hacke und Spaten eine tiefe Grube. Seine linke Hand ist verbunden. Ottacker, gewappnet, wie er vom Pferd gestiegen ist, erscheint auf einem Felsvorsprung, sich sorgfältig in großem Abstand von Heinrich haltend.*

Ottacker *(ruft herüber)*.
He! Du da! Heda! Holla! Holla, du!
Heinrich *(horcht auf, knirscht in sich)*.
He! Du da! Holla! He! – Laß mich in Frieden!
Ottacker.
Du! Heda! Zeidelbär! Was treibst du dort?
Heinrich *(wie vorher)*.
Zur ewigen Seligkeit mir einen Stollen.
Ottacker.
Suchst du nach Wasser? Gräbst du einen Schatz?
Heinrich *(für sich)*.
Ja – einen reicheren hab ich nie gegraben.
*(Laut.)* Komm her und sieh, wenn du Courage hast!
Ottacker *(nach unschlüssigem Zögern)*.
Bist du nicht einer von den Gottesleuten?
He! Du da! Eichelnfresser, ripple dich!
Heinrich *(springt nach der Armbrust, schlägt auf Ottacker an)*.
Ich will mich rippeln, und du sollst dran denken!
Ottacker *(hält den gepanzerten Arm vor das Gesicht)*.
Schorfkröte!
Heinrich. Lahmer Schneider!
Ottacker. Graue Laus!
Giftspinne du, verfluchte, willst du stechen?
Schieß, wenn du quitt mit deinem Leben bist!

Heinrich. Mit Leben und Tod, Kerl, und so will ich [schießen.
Ottacker.
Halt, noch ein Wort! Halt noch, du haariger Wicht!
Bist du erst tot, mag dich der Teufel fragen.
Haust wohl der arme Heinrich hier im Forst?
Heinrich. Was für ein Wild?
Ottacker. Ein Wild mit räudigem Felle!
Sonst aber war's dem Aar und Leu verwandt.
Heinrich. Wer bist du?
Ottacker. Wer, tut nichts zur Sache, Freund.
Ein Reitersmann, in Sturm und Krieg bestanden.
Heinrich. Und doch die feigste Memm' am Sonnenlicht.
Ottacker. Was?
Heinrich. Das!
Ottacker. Was sagst du? Bet ein Vaterunser!
*(Er tut, als wollte er auf Heinrich losstürmen.)*
Heinrich. Zwei Vaterunser! Warum kommst du nicht?
Ottacker.
Schlecht stünd' mir's an, dich armen Hund zu metzgen.
Lauf! – Sag mir nur, ob hier nicht irgendwo,
feldsiech, der einstige Graf von Aue nistet,
der jüngst aus seinem Meierhof entsprang.
Heinrich. Entsprungener Graf? Aus einem Meierhof?
Wie das? Hat die Tarantel dich gestochen?
Ottacker *(lacht wild und übertrieben heraus, wobei merkbar wird, daß er leicht angetrunken ist).*
Toll bin ich! Läg' ich sonst auf seiner Spur?
Heinrich. Komm näher!
Ottacker. Besser nicht!
Heinrich. Komm, habe Frieden:
ehrlich gesprochen, ohne Hinterlist!
Ein räudiger Graf – das mußt du mir berichten.
Ottacker *(setzt sich auf einen Felsstein).*
Gut! Friede, Eintracht! Hundert Schritt vom Leib!
Also gib acht: Es liegt ein Meierhof
wohl sieben Stunden Wegs von hier im Moose,
fronpflichtig meinem miselsüchtigen Herrn,
dem ich, weiß Gott, in Ehren Treue halte.
Ja, glotze nicht! Ich fuhr mit ihm zum Streit
ins Mohrenland. Ich schlug an seiner Seite

Feuer aus manches Heiden Helm und stach
vom Pferde manchen Turban. Manchen Stahl
prellt' ich beiseite, daß er Luft zerschnitt
statt meines Herrleins Hals. So ist's! Zuletzt
befiel ihn dann die widerliche Seuche.
Warum? Er höhnte mir mein Amulett,
hielt nichts von Mitteln, lachte aller Sprüche!
Doch davon still. Ich blieb ihm treu, verkroch
mich mit ihm eben in den Bauernhof,
bis er entlief, floh, in die Berge rannte.

Heinrich. Du suchst ihn, und was willst du nun von ihm?

Ottacker. Jesus Maria Joseph! Dummkopf! Nichts.
Bewahr mich Gott vor allen seinen Giften!
Er mag getrost behalten, was er hat.
Ich bring' ihm Botschaft. *(Er wirft ihm Geld zu.)*
Hier, gemünztes Gold!
Du sollst, wo du ihn triffst, ihm was berichten.
Gesindel hält zusammen, findet sich.

Heinrich. Behalt den Bettel! Du getraust dich nicht
und zitterst, Waschweib, den du suchst, zu finden.
Ich soll nun für drei Batzen Boten gehn.

Ottacker *(nachdem er einen tiefen Zug aus einer Lederflasche getan)*. Was? Fürchten? Ich, Ottacker? Sieh doch an!
Vorgestern war's, als uns Herr Hartmann sagte –
ein Ritter ohne Furcht und Tadel, itzt
zu Aue der Statthalter unseres Herrn. –
Er sagte: wer von euch ist Manns genug,
den Bär'n in seiner Höhle aufzusuchen?
Da trat ich aus dem Ring und lachte: Ich ...
ich, ich bin Manns genug und will es tun.

Heinrich *(leise und mit finsterer Ironie)*.
Getreuer Knappe, komm an meine Brust!

Ottacker *(da Heinrich einige Schritte auf ihn zu getan hat, springt auf und weicht zurück)*.
Hölle und Teufel, wer bist du?

Heinrich. Fürchte dich nicht!
Ich bin es, bin dein räudiger Herr von Aue.

Ottacker *(starrt ihn an, erkennt ihn, kniet und ringt seine Hände, zugleich flehend und abweisend)*.
Herr, Gnade! Geht mit mir nicht ins Gericht!

Ich war Euch treu seither zu allen Stunden,
nur nicht in jener, als ich von Euch ritt.
Wir halten Euer festes Schloß in Aue!
Ich lag vor Eurem Zelt, Herr, manche Nacht
dereinst, Ihr wißt's, die Hand ans Schwert gefroren,
damit Ihr sicher schlieft, und wich doch nicht.
Vergebt dem reuigen Sünder seine Sünde!
Ihr seid im Bann, doch Ritter Hartmann sagt:
kein Priester kann die Hand der Gnade binden.
Krank seid Ihr, und da meint der Ritter dies:
wenn Gott es will, so werdet Ihr gesund.
Verschollen seid Ihr. – Euch erklärt für tot
die Welt und Euer Blutsverwandter, Konrad;
doch haben wir, zwölfhundert, uns gelobt,
uns und der allerseligsten Gottesmutter,
die Schanze Euch zu halten, weil Ihr lebt.

Heinrich *(mit gemachter Herzlichkeit).*
Vergeben und vergessen! Herrlich! Brav!
Nichts mehr davon! Vergeben und vergessen!
Treu warst du, und treu bist du. Komm! Genug!
Du Wackrer! Ja, ich kenne deinen Mut.
Ich sah dich, wolfsgleich, deinen Feind zerfetzen;
du zittertest nicht. Komm hier an meinen Herd!
Ich will mit Stahl und Stein das Reisig zünden
und diesmal dir, statt Herr, ein Diener sein.

Ottacker *(nach heftigem, ans Lächerliche streifendem Kampf).* Teufel, ich kann nicht.

Heinrich *(als ob er nichts bemerkt).*
Was?

Ottacker. Herr, ich muß fort.

Heinrich *(wie vorher).*
Warum?

Ottacker.
Der Ritter Hartmann . . .

Heinrich. . . . ist mein Diener.
Und wenn ich dir befehle: bleibe hier . . .

Ottacker *(wieder nach heftigem Kampf).*
Bei Gott, ich kann nicht. Nehmt die Armbrust dort
und jagt mir einen Bolzen durch die Schläfe!

Heinrich. Was, Bolzen? Schurke! Windelwäscher! Schuft!

Ein Hader, Riemen, Pferdekotzen ist
zu gut als eine Waffe gegen dich!
*(Er streckt seine beiden Hände in die Luft.)*
Da: eins, zwei! packe dich! — drei, vier! hinweg!

Ottacker *(schon weichend).*
Herr, fangt Euch . . . sucht Euch . . . heilt Euch wie die andern:
taucht Eure Händ' in eines Kindes Blut!
Vollbringt's mit Mannheit . . .

Heinrich. Fünf und sechs! Genug!
Held! Großmaul! Nun gib acht, wie du kannst laufen!
*(Er rennt mit aufgehobenen Händen gegen Ottacker an, der in sinnloser Angst davonläuft. Heinrich, allein, bricht in ein wildes Gelächter aus; sein Lachen will einen mehr schmerzlichen, fast schluchzenden Charakter annehmen, da rafft er sich zusammen, schweigt und sagt dann:)*
So . . . Stille . . . Gut . . . Mein Reich . . . Ich bin bewehrt
mit einem wackren Panzer. Meine Welt
geht wieder auf um mich: um mich allein.
Ich bin nicht einsam. Nein! Die Einsamkeit
erschlägt mein Herz nicht! Kein Ersticken — nein! —
begraben im harten Eiskristall des Raums!
Ich bin nicht einsam. Schweigen: rein. Kein Laut!
Kein Scherbenrasseln! Keine klappernde Schelle!
Weltmeer: frei! — Alle Höhn und Tiefen rein,
weit, stumm im Glanz! — Was fehlt mir? Nun ans Werk!
*(Fährt fort, sein Grab zu graben.)*
Aus Moder wardst du, mußt zu Moder werden.
O Schlaf des Lebens, tiefrer Schlaf des Tods:
Bettler und König! — Tiefster Schweiger — Tod!
In deinem braunen Kleid wimmelnder Schollen,
was weißt du? — Werden wir ins Leben nicht
blindlings mit furchtbarem Henkersgriff gestoßen,
nachdem uns Wollustraserei gezeugt
erbarmungslos?! Und lockt ins Netz der Lust
zu ahnungsloser Buhlschaft Nacht für Nacht
der Sünde Girren nicht unzählige Toren?
Ist Leben Kerkerhaft? Sind wir in Fron?
Und bist du, Tod, der drohende Kerkermeister

und Schließer, der den Ausgang nur verstellt? —
Lallen! — Stumm sind wir alle: stumm geboren,
stumm auf dem Kriegspfad. Stumm vor Mensch und . . .
oder
die Steine reden — ja, die Steine schrein!! —:
Brüder! — Ich bin nicht! Nichts in meinem Leid
allein! — Ein Schmerzenswallen und — ein Glück.

*(Pater Benedikt erscheint am Rande der Lichtung.)*

Benedikt *(unschlüssig herüberrufend).*
Gott grüß' Euch! Gott zum Gruße, armer Heinrich!

Heinrich *(horcht auf, für sich).*
Plappernde Schelle! Scherben! Menschenlaut!

Benedikt *(kommt langsam über die Lichtung und legt Heinrich, der ruhig weitergräbt, von rückwärts die Hand auf die Schulter).*
Gut Freund!

Heinrich. Wer da?

Benedikt. Was schaffst du hier?

Heinrich. Mein Grab.
Was willst du hier?

Benedikt. Das Gute tun. Hier ist
Wein, Mehl und Obst und frisches Weizenbrot.

Heinrich.
Geh! Hebe dich! Sonst, Mönchlein, nagl' ich dich
wie einen Uhu über meine Hütte.
Ins Kloster pack dich! Fahr ins Mauseloch
wie eine braune Natter!

Benedikt. Gnädiger Herr . . .

Heinrich. Recht so! Ich sage dir, mach dich zu Luft,
daß ich dich nicht mehr sehe . . . oder du
mach mich zu Luft und sieh mich nicht! Ich bin
nicht dies, nicht das, nicht Herr, nicht Knecht für dich,
gesund nicht und nicht krank. Ich bin nicht nackt
und nicht zerlumpt für dich, beschoren nicht
noch unbeschoren, du Beschorener, dir;
verstehst du mich: bin nichts! Verstehst du? Nichts!

Benedikt. Was ein Verirrter auch mag von sich meinen,
er bleibt doch Gottes Kind.

Heinrich *(plötzlich aufspringend, legt den Spaten weg).*
Was sagst du, ei!

Potz Küren, Mönchlein! Komm und setze dich,
sofern du Unrat liebst und Schorf und Schwären . . .
Wer itzt mich lachen macht, der ist mein Mann.
Sei mir willkommen! Gottes Kind? Ei, wie?
wer sagt dir das? Erklär es mir genau!
Ich bin ein Kind, und dies ist meine Wiege . . .
Ich will das setzen auf mein Pergament.

Benedikt. Ihr seid, ich weiß es, werter, armer Mann,
in schwerer Trübsal, bittren Heimsuchungen.

Heinrich.
Nennst du mich arm? Wie, Mönchlein, wer ist arm?
Tritt hierher, an den Hagerosenbusch,
hier in die Nesseln, in die Schafgarb', hier –
und nun sperr auf dein Auge! Was du siehst,
so weit du siehst, du Bettler, das ist mein:
vom Hotzenwald bis zum Raumünzachtal,
vom Kaiserstuhle bis zum Schwäbischen Meere,
der Berge Forsten und der Täler Saaten!
Und sind sie leer und abgeerntet itzt,
so strotzt die Frucht, gehäuft, in meinen Scheuern.
Mein ist das Wild, das Gras, der Fisch im Bach,
am Baum die Nadel und das Blatt. Im Blatt
die Ripp' und Faser. Die Herbstfäden wob
an deine Kutte meine Dienerin Spinne.
Der Mücke Stachel, die mich sticht, ist mein,
erborgt aus meinen Kammern.

Benedikt. Wohl! Allein . . .

Heinrich. Da liegt's! Dies ist der Punkt! Ich war es müd,
den Herrn zu machen, steif und abgetrennt
in seidene Wämser und in enge Schuh',
als Sklave meiner Diener, Schranzen, Freunde,
und nie den Topf zu sehn, aus dem ich aß.
Ich war es müd, auf einem Berg zu stehen
und mich zu neigen, wenn ich sprechen wollte,
und, blind, den nicht zu sehn, mit dem ich sprach.
Nach oben drängt der arme, hörige Knecht
zur Freiheit, in die Welt; doch wenn ein Herr
der Freiheit will, der Welt teilhaftig werden,
so muß er tauchen tief in ihren Grund –
sieh, so wie ich. *(Er springt in das Grab.)*

B e n e d i k t. Erhebt Euch, Herr! Wo nicht,
so laßt mich mit Euch knien und laßt uns beide
zu dem die Herzen heben, der da war
und ist und ewig sein wird.
H e i n r i c h *(springt aus dem Grabe).*
Er erhebt!
Nicht du! nicht ich! Nach Laune tut er's, nicht
um Winselns willen, nicht nach deinem Kopf!
Tät' er's um anderes, rührten Hände ihn,
die, ringend, ihm gespaltene Nägel zeigen,
zerfressene Angesichter, lippenlos,
die ihn aus leeren Augenhöhlen suchen,
lallende Zungen, die vergeblich sich
bemühn, das Wort zu formen, das ihn nennt:
Mönchlein, so wär' ein Eden diese Erde,
wir wären Götter, oder Gott der Herr
wäre nicht einmal nur aus Leid gestorben –
nein, zehnmal! hundertmal! – und läge tot
in dem vergessenen Sarge dieser Welt.
Verstehst du das?
B e n e d i k t. Gott lebt, Herr! Glaubet mir.
Und wo Ihr nur ihn wolltet wahrhaft suchen . . .
H e i n r i c h.
Du kommst, um mir zu sagen, daß er lebt?
Gut! Habe Dank und geh; denn was du sagst,
sieh, hier im Stillen hab ich es ergründet,
allein für mich. Ich weiß, weiß, daß er lebt!
Und wahrlich, er war bei mir, eh ein Mönch
kam und ihn hier vertrieb. Ja, ja, so ist's!
Obgleich du deinen Kopf ungläubig schüttelst:
Gott war und ist bei mir. Doch dieser Gott
zerstört das Auge, das ihn sieht, zerreißt
das Herz, das ihn will lieben, und zerknickt
die Kindesarme, die sich nach ihm strecken,
und was der hört, wo er vorüberschritt,
manchmal, wer Ohren hat – ist Hohngelächter!
*(Mit wildem Lachen.)*
Gott lacht! Gott lacht! *(Verändert, gesammelt, barsch.)*
Was suchst du hier?
B e n e d i k t. Herr, dich!

Dein mildes Herz von ehmals! Deinen Rat ...
ein wenig Duldung ...

Heinrich. Nun, so mach es kurz;
denn bald ist's Zeit, daß ich mein Käuzlein äse
und Frau Kreuzspinne, die so fleißig spinnt.
Fang an denn!

Benedikt. Ein Gesandter bin ich, Herr,
durch nichts beglaubigt als durch meine Kutte
und Pachter Gottfried ...

Heinrich *(springt auf und schleudert einen Stein gegen das Gebüsch).* Pack dich fort! Was hast
du an des armen Heinrichs Hof zu suchen?
He, Jäger! Torwart, ho! Die Hunde los!
Ich will dich lehren horchen!

*(Pachter Gottfried, ertappt, tritt aus den Büschen, hinter denen er sich versteckt hielt.)*

Gottfried. Bester Herr ...
Ich bin's, der Pachter Gottfried.

Benedikt. Wahrlich, ja,
er ist's. Und nicht der Fürwitz treibt uns her,
sondern die Sorge und die bittre Not.

Heinrich *(hat ihn lange und starr angesehen, danach ruhig).*
Steh auf! Was gibt's mit ihm? Steh auf! Komm! – Wer
ist dir gestorben? Welcher scheele Stern
hat endlich dein bescheidenes Nest durchsengt
mit seinem giftigen Licht?

Gottfried *(stockend, fast weinend).*
Herr, meine Tochter ...

Heinrich. Der Rauch beizt mir die Augen – ist sie tot?

Gottfried.
Nein.

Benedikt.
Gottfried, laßt! Ich will den Dolmetsch machen
und alles kurz berichten. War ich doch
des Kindes Beichtiger auch in dieser Zeit!
Wohl lebt sie. Ja, sie lebt. Sie lebt, allein
seit Ihr den stillen Meierhof verlassen,
ein seltsamliches Leben – sonderbar
verwandelt – nicht wie sonst. Ein Leben ist's

wie außerhalb der Welt, in der wir atmen;
ein unbegreiflich Dasein, das von nichts
sich nährt, es sei denn von der inneren Flamme,
die ihren Körper aushöhlt.

Gottfried. Gnädiger Herr,
sie ißt nicht, weigert jede Speise, liegt
und starrt mit glasigem Blick den Himmel an,
nur immer auf dem einen fest verharrend ...

Benedikt *(Gottfried zurückdrängend).*
Geduld! Ja, Herr, so ist's. Indes wir hier,
gedrängt durch ihren Starrsinn, vor Euch treten,
liegt sie auf ihrem Lager, das sie selbst
bis auf das Stroh von jedem Pfühl entblößt,
steif wie das Holz der Bettstatt, regungslos
und ohne Speis' und Trank, seit fünfzig Stunden.

Heinrich *(nimmt Platz und beginnt Mohrrüben zu schaben).* Sprecht deutlich! Ist sie krank, so holt den Arzt!
Wär' ich ein Arzt, ich heilte mich wohl selber.
Was, Bruder Kahlkopf, kommt ihr denn zu mir?
Nehmt Zitwersamen, Wurmkraut; Kinderleiden,
so groß sie scheinen, sind in Wahrheit oft
sehr lächerlichen Ursprungs. Ist sie mehr
als nur ein Kind: eilt, legt ihr das zur Seite,
was aus den kranken Jungfern Weiber macht,
die in Gesundheit strotzen!

Benedikt. Liebster Herr,
ich kenne sie, ich habe sie gepflegt ...

Gottfried. Ich aber, Pater, kenne sie noch besser ...

Benedikt. Sie kommt zu mir mit allem, was sie drückt.

Gottfried. Und ist bei mir tagaus, tagein gewesen,
seit sie den ersten Atemzug getan.

Benedikt. So sprecht denn Ihr!

Gottfried. Wahrlich, der Herr hat recht.
Die Jahre sind's. Sie machen ihr zu schaffen,
und alles wäre längst ins Gleis gebracht.
Und wäret Ihr nicht, Pater, und Brigitte ...

Benedikt. Gottfried, gedenket, was Ihr jüngst getan,
und wie ist der Versuch Euch ausgeschlagen?

Gottfried. Gott sei's geklagt, das weiß ich wohl. Allein,
wär' mir das Kind als Bauernmagd gewöhnt,

sie wäre nicht zur Erde hingeschlagen,
als ich den Freiersmann ihr zugeführt. –
Herr, warum gingt Ihr von uns? An dem Morgen,
wo sie wie sonst an Euer Bette trat,
den Krug voll frischer Milch, und Euch nicht fand,
begann das Übel ganzer Macht zu wüten.
Und wenn Ihr heut mit uns nicht wiederkehrt,
verschmachtet sie und stirbt.

Benedikt. Ihr könnt im Wald
des Winters nicht gewarten. Seht, selbst ich,
gewohnt an Unbill, besser doch verwahrt
in Klaus' und Gotteshaus, ich muß zuweilen
den warmen Herd von guten Menschen suchen,
sturmfeste Mauern und ein sichres Dach.

Heinrich. Du Narr! Glatzköpfiger Kuppler! Und auch du,
Graukopf und Dummkopf! Geht! Was sucht ihr hier?
Wein von den Dornen? Feigen von den Disteln?
Wer bin ich? Was? Wo ist mein Überfluß,
daß Bettler kommen, ihn mit mir zu teilen?
Du suchst mich, Narr? Ich lache! Schlichst du nicht,
gedrückt von mörderischer Pein, umher,
als du mich haustest unter deinem Dache?
Und lebtest du in bangen Ängsten nicht
vor deinem Ingesinde? Wie? Verriet
dein Blick und deines Weibes Blick mir nicht
das Grausen und die Wünsche eurer Herzen?
Flehte es nicht, so sehr ihr's auch verbargt,
aus euch: geh, daß wir wieder atmen?

Gottfried. Bei Gott, da irrt Ihr, Herr!

Heinrich. Kein Irrtum, nein!
Wohlfeiler Worte Lug, Geplärr genug,
die feige Schmach damit zu überlisten,
warf euer Mitleid mir in meinen Trog.
Gut schien die Kost mir eine kurze Weile,
doch ferner nicht. Da floh ich, stahl ich mich.
Ich nahm den Rest, ich raffte mir zusammen,
was mir von mir geblieben war, und lief
vor mir davon. Es lief ein Fürst! Und der
ihm folgte in der fürchterlichen Hatz,
war der zertretne Knecht, der annoch lebt.

Er schrie nach mir! Er winselte! Er bot
mir junge Kindesleiber an zum Kauf . . .
Ich rede klar. Begreift ihr, was ich sage?
Geht! Packt euch! – denn ich rede klar. Ihr kommt . . .
kommt . . . kommt . . . wie sag ich? wessen Helfershelfer?
Was steht ihr? Hört: sie war bei mir, war hier
am dritten Tag. Sie fand mich, denn sie ist
spürsam wie eine Hündin. Ja, sie kam.
Ich sah sie, und ihr Männer, bei dem Gott,
der mich nicht kennt und meiner Qual nicht achtet:
das war des Teufels schlimmstes Bubenstück.
Die List mißlang ihm. Denn ich lachte, pfiff,
als wäre sie ein Baum am Waldrand dorten;
trieb alles so, als sei ich nicht belauscht,
jedwede Notdurft ihr vor Augen, tobte
und hielt sie mit Steinwürfen mir vom Leib.
B e n e d i k t. Sie will Euch retten, Herr, das ist die Ursach',
um derentwillen sie Euch hier besuchte.
Und ein Gerücht drang zu ihr – Euer Knecht
Ottacker war's, der es zuerst ihr brachte! –,
daß Eure Sucht durch eine blutige Kur
zu heilen sei. – Ein Meister zu Salerne
vermißt sich, Euer Übel auszurotten,
wenn sich ein Mägdlein, eine Jungfrau sich
freiwillig, gläubig ihm ans Messer gibt.
H e i n r i c h. Wollt ihr das glauben?
G o t t f r i e d. Nein, Herr, nicht – ich nicht!
Doch starr und nicht um Haaresbreite weichend,
hält unser Kind an diesem Irrwahn fest.
Helft uns, helft uns, dem Satan sie entreißen!
B e n e d i k t. Ihr seid zu rasch! Wer will entscheiden, was
durch Gottes Macht, was durch des Teufels Listen
geschieht? – In ihrer Brust ist heiliger Streit.
Es drängt in ihr aus unserem engen Leben
zum Opfertod: durchs Tor ins ewige Licht
geheimnisvoll! Wer weiß, zu wessen Heil?
G o t t f r i e d. Zu keines Menschen . . . zu niemandes Heil
und auch ihr selber, Pater, zum Verderben.
B e n e d i k t. Nein: Gott verläßt die, so ihn suchen, nicht!
Und die erlösungsdurstige Sünderin,

und läge sie auch in des Teufels Krallen,
erreicht im Abgrund noch sein Vaterblick.
Vertrauet! Laßt Euch Kleinmut nicht bewältigen!
Gewiß ist, daß sie trotzt – gleichsam mit Gott
ringt, ihm die Märtrerkrone abzuzwingen.
Sonst aber –: gratia praeveniens!
Wer kann ihr, was Gesichte ihr bestät'gen,
rundweg ableugnen? Der Leviticus
sagt: Blut ist die Versühnung für das Leben.
Das gleiche ist's, was ihr im Innern spricht.

Heinrich.
Hm, so! Und dies ist deine Meinung, so!?
Sie träumt. Sie hat Gesichte. Und sie meint,
Gott liebe Blutdunst. Lasse sich durch Blut
abmarkten von dem Zins der Wucherschuld,
die in uns schwärt. Ihr seid im Irrtum, geht! –
Sie ist im Irrtum, hört ihr?! – Außerdem:
aus Zeiten, wo ich noch in Büchern irrte
und meiner Seele stumme Weisheit nicht
besaß wie jetzt, weiß ich, daß jene Kur
nichts ist als Narretei. Geht, sagt ihr das!
Ich weiß es. Seht, ich bin ganz ruhig, und
im Abgrundhauch des Unsinns ward ich kühl
und kalt – seltsam genug! – mit einem Schlag,
und was ich itzund rede, ist gesund
und kalt, als hätt' es dort im Bach gelegen
und stammte nicht aus dieser heißen Brust:
ich bin ganz sündlos. Sagt ihr, daß ich frei
von Sünde, makellos und lauter bin
und daß die Pestilenz in meinem Blut
das Kleid der Seele mir noch nicht befleckte
bis diesen Augenblick. Sagt ihr, man kann
ein reines Linnen nicht mit Blute waschen,
und wer es dennoch tun will, sagt ihr, dient
der alten Schlange Irrtum und nicht Gott.

Benedikt *(wehrt ab, schüttelt verneinend den Kopf)*.
Herr, ihr das sagen, heißt zu dem sie stacheln,
wonach sie ringt mit leidbegieriger Lust,
denn ihr, wie mir, wird nach der Wahrheit scheinen,
daß Ihr mit solchen Worten Eure Schuld

nur mehrt, weil doch Zerknirschung nur den Weg
und Demut Euch kann zur Versühnung leiten.

Heinrich. Mißtrauet eurer Demut, denn ihr seid
noch viel zu hochgemut! Die Hoffart reitet
auf deinem Nacken wie ein freches Weib,
wenn du dich beugst und dich im Staube windest
vor Gott. Was bist du, daß er dein gedenkt
und deiner lächerlichen Schuld, mein Freund,
und deiner lächerlichen Reue!? Meinest du,
du habest etwas ohne ihn vollbracht!?
Sieh hier, auf diesem Felsen steh ich oft
und lästere, und das Echo lästert wider
mit Fluch und Hohn: wir beide überschreien
der Vögel Stimmen und der Blätter Rauschen,
das Tosen des Wassers oft – und doch und doch,
wie tief noch sind wir unter das gestellt,
was Sünde heißen könnte wider Gott!

Gottfried. Herr, redet selber . . . Redet Ihr mit ihr!
Ein Laut von Euch kann sie wie Brot erquicken,
wie Wasser den Verdurstenden erquickt.
Ich weiß nicht, wer Euch solchen Zaubers Kräfte
verlieh, wer dieses Herz so an Euch band . . .
Genug: sie küßt die Stapfen Eurer Füße
im Feldweg, den Ihr etwa einsam gingt.
In Eurer Kammer schläft sie, Euer Name
allein löst ihrer starren Glieder Krampf.
Und wenn Ihr des verfluchten Meisters Kur
verflucht, wie ich, so kommt: schenkt ihr das Leben!
Erklärt ihr, daß der Arzt ein Lügner ist,
daß keine Wissenschaft in aller Welt
und . . .

Heinrich *(heftig fortfahrend)*.
. . . keine Macht der Welt mich rein kann waschen
und daß der sarazenische Arzt, ein Wicht,
ein Heide, nur nach meinem Golde langt,
sonst nichts . . . daß alles Lug ist! Daß ich krank,
doch noch kein feiger Dummkopf sei geworden,
der jedem Dummkopf in die Schlinge rennt
und eines Kindes blutigen Irrwahn sich
zunutze macht. Ja, ja, ich weiß! Ich weiß

dies und noch mehr. Ich habe dies gesagt
und noch viel mehr. Ja, starrt mich an, so ist's:
denn sie war bei mir, hier, zum anderenmal.
Ja! und ich sah sie. Und ich wußte nicht,
wie ich die Hölle sollte von mir halten –
so tat ich wild, warf Steine, spie nach ihr
und reckte meine krustigen Hände aus,
drohend – mit Grausen, insgeheim entsetzt,
daß ich nicht lange möchte an mich halten
und sie berühren, sie ergreifen, sie
besudeln: ihre Schultern, ihren Hals,
daran das Pülslein schlug ... Geht, sag ich, geht!
Es ist vorbei, ist aus! – Seht, als sie rief –
mit einer Stimme, die mich winseln machte:
Ich will dich retten, armer Heinrich! –, da
schrie ich: Aussätzig bin ich! bleib mir fern!
Fiel aber, stolperte und lag gestreckt –
wie lange, weiß ich nicht. – Und als ich dann
erwachte, war sie da, ganz nah, so! Hier
hat sie gesessen, hier gestanden, dort –
und mir erzählt: es sei ein Arzt ... ein Arzt.
Es sei ... Herr Jesus! ... und das Opfer sei
im Himmel wohlgefällig ... dies und das ...
und ihres Bleibens sei nicht in der Welt.
Sie wolle sterben, und ich möge nicht,
ich möge nicht den Himmel ihr verschließen
und mit ihr flugs auf gen Salerne ziehn. –
Und als sie ihre Seele ausgeschüttet
und den verruchten Unsinn jener Kur,
einfältigen Sinnes, lang und breit erklärt:
da wußt' ich nichts zu tun. Ich sprang empor –
dort über die Wurzeln, übern Bach – und lief
und floh, bis mir der Atem stockte und
ich meilenfern von ihr zusammensank.
Und das war gut! Bedenkt, ihr Herren, und
erwägt, was ich getan, da ich davonlief!
Bin ich nicht – von dem ärgsten Fluch versehrt –
gefeit vor jedem schwächeren? ausgestoßen
von eurer Welt, auch von der Satzung frei,
die alles in ihr, selbst den Fürsten, bindet:

mehr als ein Fürst!? – Bedenkt: sie kam zu mir,
ganz einsam . . . und in meinem Innern schlägt
ein ausgestoßenes Herz: verfluchter Engel,
der ritterlich der Blöße Gottes schont!
Was wollt ihr mehr? Gut! Packt euch! Denn ich bin
zu Ende. Meine Litanei ist aus.
Mich hungert, und ich muß den Leichnam füttern,
den meine feige Seele schleppen muß,
Gott weiß, wozu?! Gott weiß, wohin!? Genug!

Benedikt *(erschüttert und nach langem Stillschweigen).*
Lebt wohl, Herr! Sucht ein Obdach!
*(Leise und mitleidig.)* Herr, es wird
ein harter Winter! Sucht ein Obdach!
*(Zu Gottfried.)* Kommt,
kommt, Gottfried!

Gottfried. Sucht ein Obdach!
*(Beide ab.)*

Heinrich *(allein).* Sie sind fort.
Verwirrung! – Aufgeregte Ringe! – Nichts.
Ein Kind! Welt, Helden: alles dorrt zusammen,
und auf der Schädelwüste steht ein Kind.
Es winkt! Wo winkst du hin . . . auf deiner Halde
von beinernem Gerölle? Nichts! – Ich will
aufrecht dem Streiche stehn! – Mein Spaten. – Traum!
Dort lag einst etwas!! Auch gen Mittag, dort . . .
Ich weiß nicht! Welt? Was? Winkst du mir? Gott? Was?
*(Er fängt an zu graben.)*
Ich weiß nicht. Sucht ein Obdach! Sucht ein Obdach!

## VIERTER AKT

*Das Innere der Waldkapelle Benedikts. Links Altar und Ewige Lampe, rechts die Eingangspforte. Der Hintergrund stellt eine Seitenwand der Kapelle dar und hat, nicht weit vom Altar, ein niedriges Türchen, das in die angebaute Wohnklause des Paters führt. Die Wände sind mit Bildchen überdeckt, darunter viele Füßchen, Händchen von Wachs usw. Altar und Kruzifix sind mit Herbstblumen einfältig bekränzt.*

*Brigitte und Benedikt stehen, unweit der Haupttür, in halblautem Gespräch. Brigitte ist im Begriff zu gehen, sie trägt ein Kopftuch und am Arm einen Korb.*

Benedikt. Sie lügen, lügen viel, Brigitte, und
wer weiß, was daran Wahres ist.

Brigitte. Man muß
es glauben, Benedikt. Der alte Knecht,
der niemals lügt, kaum überhaupt je spricht,
sah ihn mit eignen Augen, ist bereit,
dafür die Hand aufs Kreuz zu legen.

Benedikt. Hm,
höchst sonderbar! Im Graben schlich er?

Brigitte. Nein,
der Alte sah ihn platt ins Gras gedrückt
liegen, dicht hinterm Garten, auf der Lauer.
Der ihn im Graben kriechen sah, das war
der Kunz, der Ziegenhirt.

Benedikt. Der Alte sagt,
daß er emporsprang?

Brigitte. Ja, als er ihn anrief,
sprang er empor und lief feldein davon.

Benedikt.
Ich kann dies noch nicht glauben, kann's nicht fassen. –
Zudem: was kann er wollen – habt ihr doch
niemals ihm euer Haus verschlossen! –, wenn
er jetzund wolfsgleich das Gehöft umkreist?

Brigitte.
Das weiß ich nicht. Und das kann keiner wissen.
Er ist verwildert, heißt es, fast zum Tier

entartet, sagen sie, und überdas
verzweifelt und zum Äußersten gebracht.
B e n e d i k t. Unmöglich! Überlege: soll ein Mann
so sich verlieren, eines Kaisers Freund
und Waffenbruder, den ich jüngst noch traf:
in Lumpen zwar, doch stolz wie je zuvor?
Sie sehen itzt den Armen überall,
wittern in allem des Verfemten Nähe.
B r i g i t t e *(eifrig).*
Pater, du kennst den gelben Kettenhund.
Als gestern sich die Knechte auf die Lauer
mit ihm gelegt, kam kurz nach Mitternacht
der Mensch und rüttelte am großen Tor.
Die Männer ließen nun die Dogge los:
die aber, statt ihn anzufallen, lief –
vor Freude heulend, nicht vor Wut – zu ihm
und schmiegte sich dem Fremden vor die Füße.
B e n e d i k t. Sei es dahingestellt! Das Kind ist hier
bei mir in Gottes Hut: in meiner Klause.
Und so ist's gut vorerst! Zwar glaub ich nicht,
noch immer nicht, was du mir sagst, Brigitte –
mag auch des armen Heinrichs Sache schlecht
stehn draußen in der Welt.
B r i g i t t e. Es heißt sogar,
sie haben ihn zu Konstanz mit Gepränge
bereits in seiner Väter Gruft versenkt.
B e n e d i k t. Mag seine Sache schlecht stehn, sag ich, mag
sein Name aus der Reihe der Lebendigen
getilgt sein – dieses Mannes Seele ist
bewehrt wie eines starken Dämons Schulter
mit zween Paaren Flügeln und mit mehr:
lähmt ihm die weißen, die zur Höhe tragen,
so ruht er auf den dunklen, und ich sah
ihn furchtlos noch am Rande einer Welt,
wo die Abgründe jeden schwindeln machen,
den irdischer Mut nur trägt. – Er grub sein Grab
und wird, glaub mir, in dieses Grab sich legen,
eh daß er diebsgleich um die Hütten schleicht.
Allein es steht zu fürchten, wenn das Kind
bei euch ist, angesteckt von den Gerüchten,

und wenn sie von dem seltsamen Besuch,
der euren Hof unsicher macht, erfährt,
sie einem Schnapphahn in die Fänge läuft.

Brigitte. Nun, ich will gehn! — Gelobt sei Jesus Christ!
Es dunkelt schon. Der Weg ist weit. Gottfried
erwartet mich. Ich habe schon zu lange
mich hier verweilt. — Ich darf ihm also sagen,
daß sie sich hier bei Euch viel wackrer hält . . .

Benedikt.
Still! Ja! Sprich leise, daß sie uns nicht hört . . .
du sahst es selbst, es geht ihr gut soweit,
nur meint sie immer noch, er werde kommen,
und harrt, der klugen Jungfrau gleich, ein Lämpchen
mit Öl sorgsam gefüllt und stets zur Hand,
seiner als wie der Zu-Kunft unsres Heilands!
Der Wahn erhält sie: und so muß ich ihn
noch immer stützen und mit Lügen füttern
seit damals, wo ich ihren Fieberkrampf
mit meinem frommen Trug zuerst beschwor.
Kommt Zeit, kommt Rat. Laßt Zeit, viel Zeit vergehn;
allmählich wird der Aufruhr ihrer Brust
sich doch noch legen; wenn sie auch vielleicht
hernach den Schleier nimmt, als Himmelsbraut.

Brigitte.
Das mag geschehn nach Gottes Ratschluß! *(Sie weint.)* Ach,
wär' unser Herr doch tot! —
*(Sie küßt dem Pater inbrünstig die Hand.)*

Benedikt *(warm bewegt).* Geh! Tröste dich!
Was soll ich weiter dir zum Troste sagen? —
vielleicht, daß mir im Innern etwas lebt,
aus einer Zeit der tiefsten Heimlichkeit,
wo sich im brennenden Busch der Herr uns zeigte . . .
Ich sage, daß ein Wissen in mir lebt,
ein starker Glaube mindstens, ein Gesicht,
das mir dies Kind als einen Horebsbusch
erscheinen läßt, der brennt, doch nicht verbrennt.

*(Man hört klatschende Geräusche hinter der kleinen Tür hervordringen.)*

Brigitte *(erschrocken).*
Was ist das?

B e n e d i k t *(drängt sie hinaus).*
Nichts! Geh! Nichts, nichts! Tummle dich!
*(Brigitte ab. Pater Benedikt, allein, lauscht, bis er die sich entfernenden Schritte Brigittes nicht mehr hört. Alsdann horcht er auf die aus der Klause hervordringenden seltsamen Geräusche, schüttelt mißbilligend den Kopf, geht an das Türchen und klopft daran.)*
B e n e d i k t. Kind! Ottegebe!
O t t e g e b e *(von innen).* Ja, ich komme, Pater.
*(Sie tritt, eine brennende Lampe in der Hand, durch die Tür; es ist inzwischen fast ganz dunkel geworden.)*
B e n e d i k t *(ihr die Lampe abnehmend).*
Was treibst du wieder gegen mein Gebot?
O t t e g e b e *(mit einem verzückten Ausdruck im wächsernen, vergeistigten Gesicht, leise).*
Jesus! Maria! Joseph! Meine Seele
schenk ich euch und mein Herz. — Jesus, Maria
und Joseph, steht mir bei im letzten Streit!
Jesus! Maria! Joseph . . .
B e n e d i k t. Höre, Kind,
sei folgsam, sei gehorsam, denn du bist
mir anvertraut, und ich muß stehn für dich
vor Gott und deinen Eltern. — Warum schwingst
du heute die Geißel schon zum zweitenmal?
O t t e g e b e *(küßt zitternd den Saum seines Ärmels).*
Ich weiß nicht, Pater.
B e n e d i k t. Wie? Du weißt es nicht
und schlägst dir sinnlos neue, blutige Striemen?
O t t e g e b e. Weil es mir wohl tut, Pater.
B e n e d i k t. Was?
O t t e g e b e. Ich kann
unter den Schlägen atmen, Pater.
B e n e d i k t. Wie? —
Kannst du denn nicht so atmen, Jungfrau?
O t t e g e b e *(seufzend).* Schwer!
B e n e d i k t. Nun laß die zween Opferkerzen uns
anzünden, die uns deine Mutter hat
im Körbchen mitgebracht, und danach wollen
wir beten miteinander und mit Dank
hinnehmen, was uns Gott zum Nachtmahl schickte

im gleichen Körbchen, durch der Mutter Hand.
Komm!

Ottegebe *(steht ruhig, die großen, feuchten Augen an das Kruzifix geheftet).*
Pater ...

Benedikt. Was?

Ottegebe. Ich bin nun ganz bereit!

Benedikt. Wozu bereit?

Ottegebe. Zu leiden und zu sterben.

Benedikt. Laß das jetzt! Lenke deine Seele jetzt
auf andere, meinetwegen irdische Dinge;
es tut dir not. Du mußt doch leben, gelt,
wenn du Gott dienen willst? Mußt dir dein Leben
erhalten, wenn du es für ihn willst lassen
zu seiner Zeit.

Ottegebe. Ja, Pater.

Benedikt. Also nimm!
Komm, nimm und iß und trink auch hier ein wenig
von deines Vaters Wein.

Ottegebe *(hat sich auf den Altarstufen niedergelassen, blickt gegen die Decke).* Meinst du nicht auch,
Pater, daß er nun bald wird kommen?

Benedikt. Ja!
Doch ist er nicht mehr an der alten Stätte.

Ottegebe. Wo Ihr ihn traft und er sein Grab sich grub?

Benedikt. Dort ist er nicht mehr. Nein! Die Leute sagen,
er habe wollen noch einmal die Welt
und aller seiner Sünden Tummelplätze
vor seinem Ende wiedersehn.

Ottegebe. Doch hat
er Euch gesagt ... doch hat er Euch versprochen,
daß er wird kommen, fest?!

Benedikt. Jawohl, gewiß;
das heißt: wie so ein Edelmann verspricht. –
Du liebes, banges, überwaches Ding:
Geduld! Gemach! Du hast mit Fasten, Beten
und Wachen wahrlich dich genug kasteit –
fast leuchtet ja dein zarter Leib im Finstern!
Bitte du nur den Himmel um Geduld
und Frieden, der mit Sanftmut harren macht.

Ottegebe. Pater, heut wird er kommen!
Benedikt. Meinst du?
Ottegebe. Ja!
Benedikt. Und weshalb glaubst du das?
Ottegebe. Weil ich im Wachen
nächtens und zweimal heute untertags
wie eines Miselsüchtigen Klapper hörte.
Horch! Da! Schon wieder.
Benedikt. Was? Ich höre nichts.
Nein, Kind, wenn du nicht triftigere Gründe
und deutlichere Zeichen dafür hast,
als daß der Wind an losen Schindeln rüttelt,
so traue . . .
Ottegebe. Er wird kommen! Heut! Gewiß!
Ich weiß es. – Sieh, gestern um Mitternacht
erwacht' ich wie von einem lauten Rufen,
das rief . . . das sagte: Wachet, euer Herr
ist nahe! Da bekränzt' ich meine Lampe,
tat Öl darein und ging hinaus – ja, Vater! –
und harrte auf der Schwelle vor der Tür.
Und wie ich da so stille saß, in mich
gekehrt, des Sturms nicht achtend um mich her,
da plötzlich, jählings brach ein Schrecken los,
so grausig, wie ich niemals ihn erlebte.
Versuchung! dacht' ich. Doch vergingen mir
die Sinne vor Entsetzen fast. Die Luft
ward mit Geschrei erfüllt, Gekreisch, Gelächter,
Gebell; des Windes wilder Atem schien
von Wölfen, heiß und ekel, ausgestoßen!
Und dann . . . ich wollte fliehn, mich retten, mich
an deine Brust, an diesen Altar klammern:
da . . . dann . . . Die Hände preßt' ich mir
vor beide Augen: so! und dennoch sah
ich alles hell und klar, wie ich dich sehe.
Mich selber sah ich, meinen Leichnam, nackt,
mit scheußlichem Triumph dahingeführt
im Sturme von hundsköpfigen Dämonen;
ein langes Messer stak mir in der Brust. –
Vater, gib mir die Hand, mich schwindelt's: mich,
mich selbst begann die Hölle nun zu packen!

Sündhaftes Regen hub sich in mir an,
als sollt' ich springen, in den Wirbel mich
werfen und schamlos wie die Hölle sein.
Nun aber, nun geschah's! In allem Streit
und Aufruhr hielt mein reiner Wille sich
standhaft, und Gott erkannte ihn und gab
Gewährung: und er blies den Spuk der Nacht
mit einem Hauch der Gnade von der Erde.
Und lautlos, in der mitternächtigen Stunde,
von Morgen und von Abend drang es auf;
klar, wie aus Brunnen, quoll ein mächtiges Leuchten,
und aus dem Leuchten hoben gleicher Zeit,
langsam, zween stumme, fremde Sonnen sich,
die mählich, Vater, immer höher rückten,
bis sie verschmolzen hoch am Himmelsdach.
Und jetzt ward eine Reinheit überall:
in mir, um mich, im Himmel und auf Erden.
Und aus den zween Gestirnen über mir
gebar der eine, süße Heiland sich!
Ein Brausen fing sich an. Aus tausend Chören
hört' ich ein Wort, wie Sursum corda! oder
wie Gloria in excelsis deo!, und
von einer großen Stimme klang es laut:
Amen! Was du erbittest, soll geschehn!
Des Richterspruches Härte ist gebrochen!

Benedikt. Hm, ja! – Ich bin unwissend und gebunden
im Irdischen, aus meinem Kerker öffnen
sich keine Fenster in das ewige Licht.
Ich schmachte im Dunkeln. Lehr du mich! Sein Lob
richtet er zu in der Unmündigen Mund. –

Ottegebe *(lachend, wie aus innerer Seligkeit).*
Als er mich manchmal kleine Heilige nannte,
meinst du, er hätte damals das gedacht?

Benedikt.
Wohl schwerlich, Kind. Doch still. Wir müssen nicht
mit überheblichen Gedanken spielen
und wollen nicht die Krone, die uns winkt
vielleicht, mit eignen frevlen Händen uns
drücken auf unser Haupt. Nimm an, du bist
von Gott berufen und auf gutem Weg,

so mußt du, eingedenk der sündigen Art,
die uns von Adams Fall her immer eignet,
zwiefach behutsam und demütig sein.
Vor Jahren hab ich deiner Mutter einst
von einem eitlen Reitersmann gesprochen;
der war von Menschenliebe so betört,
das heißt, er hatte seine arme Seele
an einen Menschen statt an Gott gehängt:
ein Weib war's! – eine Männin – und so kam's:
Als sich die stolze Fraue von ihm wandte,
brach er zusammen, und die ganze Welt
ward ihm vergällt. Sieh, solch ein Eigensinn
ruht auch in dir, der gleiche, und mir ist
bange, daß du von Gott dich möchtest wenden,
wie ich mich damals von der Welt gewandt,
wenn er dir das versagt, worauf du starr
die Augen heftest – das dir nicht gewährt,
woran dein Sehnen sich und Wünschen hängt.

Ottegebe. Nein, Vater, nein, ich weiß es ganz gewiß ...

Benedikt. Kannst du in Gottes Pläne einzudringen
dich unterfangen? – Wer mag wissen, ob
der Mann, den er vom Throne hat gestoßen,
ihm wert der Gnade scheint? Sie haben ihn
im Kesseltreiben – Grave Konrads Knechte! –
umstellt wie einen Bären oder Ur.
Gott ließ es zu! Und der Salerner Arzt:
er steht vielleicht mit Satanas im Bunde
und ist ein Seelenfänger, ein Pirat
des Höllenmeeres – und die blutige Kur
ist nichts denn ein verruchtes Bubenstück!
Vielleicht auch ist der Herr schon weit entwichen ...
*(Ottegebe wird ohnmächtig.)*
Vielleicht, vielleicht! Doch ist es nicht gewiß. –
Was ist dir? Frierst du? Komm! Zuviel! Sie blutet.
Du Heilige, kommst du einstmals in dein Reich,
vergiß mich nicht!
*(Sie mehr tragend als führend, bringt er Ottegebe in die Klause zurück.)*

*(Die Kapelle ist leer, die Ewige Lampe und einige Opferkerzen brennen. Da hört man erst einmal kurz den Laut*

*einer Klapper, hernach tritt, scheu wie ein Verbrecher, unkenntlich in Kapuze und Kutte vermummt, Heinrich ein. Er trägt Klapper, Stange und Beutelchen daran.)*

Heinrich *(schleppt sich bis an die Stufen des Altars und stürzt darauf, wie ein Schutzflehender, nieder. Aus seinem Innern ringen sich keuchend abgerissene, verzweifelte Worte).* Beten! ich kann nicht! Gott,
gib mir doch Worte! Warum gibst du mir
nicht deine Worte, daß ich beten kann?
Tränen! Gib mir doch Tränen! Gib mir Wasser,
daß ich die giftig stechenden Flammenzungen
im Schutt der ausgebrannten Trümmerstätte
auslöschen kann! – Töte mich, töte mich!
Du hast mich hinterlistig fortgelockt –
ein boshaft schlauer Jäger – von dem Rande
des stillen, weiten, tiefen, kühlen Sees,
da ich mich eben, einem Biber gleich,
anschickte, in den kalten Grund zu tauchen,
wo nichts mehr brennt. Lösche mich, lösche mich aus!
Lösch alle Qual des Lichts im schwarzen Schoß
der Finsternis! Wecke mich nie mehr; denn
die Sonne martert mich mit giftigen Pfeilen.
Schlaf! Gib mir Schlaf! Mein Bett ist nicht ein Bett,
die Schlangen der Sonne rasen mir im Haupt
nachts: rette mich vor dem furchtbaren Lichte!
Was säest du Haß? Was hast du Blindgeborene
wie Hagel auf das Erdreich ausgeschüttet,
die sich zerfleischen müssen? Warum nährst
du mit der Milch des Grams uns? Warum leiden wir
in diesen Sonnenflammen kläglich Pein,
ohn' einen Tropfen Kühlung? Gott, vergiß,
vergiß mich wahrhaft! Denk, ich sei nichts wert,
kein Baustein deines blutgetünchten Baus!
Auf blutigem Grunde und mit blutigem Mörtel
gebunden, dehnt er qualvoll sich empor
voll grausigen Lebens, das mich schaudern macht.
Vergiß mich, ungeheurer Bauherr! Was verschlägt's,
wenn dir ein Staubkorn mangelt, wenn du mich
von Qual und von Erlösung freigibst, mich
entläßt, verstößt vom Werk – aus Fron und Lohn?!

Benedikt *(das Laternchen tragend, tritt wieder ein, sieht den Vermummten am Altar, erschrickt und fragt).*
Was suchst du hier? Wer bist du?
Heinrich. Frage nicht!
Benedikt. Was suchst du hier in dieser späten Stunde?
Heinrich. Das, was ich eben dachte, such ich.
Benedikt. Wie?
was heißt das?
Heinrich. Daß der Mensch ein Sieb ist, Mönch,
der, was er faßt, nicht faßt.
Benedikt. Wer bist du?
Heinrich. Rate!
Benedikt. Ich bitte dich, du rätselhafter Mann!
Du bist auf einer Gott geweihten Stätte –
und wo du des Erbarmers Gnade suchst:
willkommen! – doch vertrau mir, wer du bist?
Heinrich. Da siehe du zu, Mönch, ich weiß es nicht.
Benedikt. Bist du nicht einer von den Gottesleuten?
Heinrich. Ich bin von den Begrabenen.
Benedikt *(sich bekreuzigend).* Schenke Gott
den schlummerlosen Geistern seinen Frieden!
Doch du erscheinst ein Mensch von Fleisch und Bein.
Heinrich. Rette mich, Vater! Vater, rette mich!
Rede mit Gott dem Vater, deinem Herrn,
daß er mich rettet aus der Wut der Menschen!
Du bist sein Diener. Sag ihm, daß er nun
der grauenvollen Menschenmeute pfeife,
die, rasend vor Jagdlust und vor Blutdurst toll,
auf meiner Fährte liegt. Wann hab ich Brunnen
vergiftet, aus dem Unrat meines Blutes
und Krötenlaich Küglein gemacht und sie
in Quellen versenkt, daraus die Leute trinken?
Wann tat ich das? Hilf mir! Verstecke mich,
verbirg mich: denn sie sind auf meinen Fersen.
Die Scheiterhaufen rauchen rings im Land:
verbirg, versteck mich, denn sonst muß ich brennen.
Verschließ die Tür! Ich bin unschuldig! Nein,
nicht öffnen! Hilf mir, hilf mir! Rette mich!
Sie hassen mich alle! – Ja, ich tat's, ich schlich
mich so, mit Kutt' und Klapper, in die Welt,

auf Messern schreitend, und bei jedem Schritt
traf mich ein Peitschenhieb ins Angesicht.
Ich will genesen, Mönch, ich will genesen!
Mach mich gesund! Schaff mir aus meinem Blut
den fürchterlichen Fluch: ich will dich stellen
in Haufen Goldes bis hoch an den Hals. –
Reich bin ich; mach mich rein! Bring sie zum Schweigen,
die Stimme, die da „Unrein! unrein!" heult –
mir Tag und Nacht ins Ohr: so werf ich dir
all meinen Reichtum, alle meine Burgen
und Städte hin wie eine Handvoll Sand.
Rede mit Gott dem Vater, deinem Herrn!
Sag ihm, er habe mich genug geschlagen,
erniedrigt und zerquält; er habe mich
genugsam fühlen lassen, wer er sei –
es sei in mir nichts weiter zu vernichten.
Sag ihm das, Mönch! Sag ihm: ich sei zerrissen,
zerstört, verdorben sei mein Balg, ich sei
zu schlecht für eines Hundes Mahlzeit und ...
Gott unser Herr ist groß, gewaltig, groß!
Ich lob ihn, lob ihn! Außer ihm ist nichts,
und ich bin nichts – doch ich will leben! leben!
*(Er liegt röchelnd zu den Füßen des Mönchs.)*

Benedikt. Ihr seid Herr Heinrich von der Aue?

Heinrich. Nein,
der bin ich nicht! Den haben sie begraben.
Da sieh! Urteile selbst, ob er noch lebt!
*(Er reißt die Kapuze herunter, und man sieht das blasse, verhungerte, zerstörte Gesicht.)*

Benedikt *(weicht entsetzt zurück).*
Herr, Herr, Ihr seid es wirklich.

Heinrich. Sag mir das! –
Faß mich ins Auge, forsche, ob ich's bin.
Denn ob ich gleich nichts bin als irgendwas,
das, umgetrieben, rastlos Qualen duldet,
so schwatzt im Grunde meines Wahnsinns was,
das störrisch prahlt: ich sei ein Fürst gewesen
und einer von den Großen dieser Welt.
Wer bin ich? Sag mir das! Ich bin begraben
zu Konstanz, jüngst, in meiner Väter Gruft –

und lebe; oder träum ich dies im Grab? –
Was meinst du? Träum ich? Leb ich? Ist es Traum,
daß ich begraben ward mit Glockenläuten
und selbst dabei stund, als sie meinen Sarg
mit den Insignien der Fürstenmacht
vorübertrugen? Ist es Traum gewesen,
daß von der Fackel eines Fackelträgers
ein Flöcklein Feuers mir den Fuß versengt'
und ich den Vetter Konrad sagen hörte,
als er hohngrinsend aus der Kirche schritt:
laß sehn, ob solch ein Schwein die Gruft kann sprengen?
Sagt mir, ob dies der gleiche Konrad ist,
der erstens, der mir Sarg und Gruft besorgte,
und jener, den ich unten in Maroch
mit Barren Goldes einstmals losgekauft? –
Und bin ich jener, wie, der das getan,
oder der bettelarme Lumpenhund,
der, wenn ein Kohlkopf auftaucht in den Feldern,
der eines Menschen Bildung nachäfft, gleich
erschrickt, zu schlottern anfängt, sieben Huben
umkriecht vor Angst, durch Gräben, Dorn und Pfütze,
um nur der Gorgo nicht ins Aug' zu sehn?!

Benedikt. Ihr sagtet einst zu mir in einer Stunde,
wo ein gelaßner Geist Euch ganz durchdrang . . .
Weltweisheit, sagtet Ihr, und Religion
hat einen tiefen Sinn gemeinsam: den,
mit Gleichmut uns zu wappnen; eine Lehre:
die, sich in Gottes Willen zu versenken,
ganz willenlos.

Heinrich *(jäh verwandelt)*.
Nein, nein! Das will ich nicht!!
Wo ist das Kind?

Benedikt *(erschrocken)*.
Was für ein Kind?

Heinrich. Die Magd!
Das Kind! Die Närrin! Pachter Gottfrieds Tochter!

Benedikt.
Warum? Was ist's? Was wollt Ihr mit dem Kind?

Heinrich.
Wie? Was ich will? Was willst du mit der Frage?

Benedikt. Ergründen, was ein Christ im Sinne trägt.

Heinrich *(wild).*
Ist Gott barmherzig?

Benedikt. Ja.

Heinrich. Kann er mich retten?

Benedikt. Ja.

Heinrich. Kann er mich erretten durch ein Kind? —
Und kurz und gut: wo ist sie?

Benedikt. Wer? Ihr seid
ein Edelmann, Herr!

Heinrich. Und du bist ein Schurke.

Benedikt. Meint Ihr das arme, unglückselige Ding,
das seinen Weg zu Gott im Dunkel suchte
und furchtbar, hart am Abgrund, irreging?

Heinrich. Irr oder nicht: sie ist bei dir!

Benedikt. Nein.

Heinrich. Nicht?
Hör mich, Mönch! Mönchlein, sieh mir ins Gesicht
genau, auf daß du jedes deiner Worte
erst wägen kannst, bevor du eines sprichst!
Und solltest du die Warnung, eingegraben
von glühenden Dornen in blutrünstiger Schrift,
hier, nicht verstehn, auf meinem Angesichte:
so wäre deine Sanduhr abgelaufen,
du müßtest köpflings ins Verderben gehn!

Benedikt.
Herr, Eure wilde Drohung schreckt mich nicht.
Zwar seid Ihr fremd und furchtbar, und die Blitze
des Abgrunds zucken durch den heiligen Raum.
Doch seine Kinder wird der Vater schützen.

Heinrich.
Nichts wird dich schützen, niemand, wenn du lügst!
Wo ist sie? Sie ist hier! Ich bin geschlichen
zwei Nächte lang um Pachter Gottfrieds Haus
und habe das Gemahl nicht können finden,
obgleich ich doch an jedem Spalt gelauscht
und spähend auf der Lauer bin gekrochen
durch Zaun und Hecke, wie ein Edelmann!
Sie ist bei dir, ein Knecht verriet's im Stall,
er sagte, seiner Stute Weiche klatschend:

Sei folgsam! Nicht wie unseres Meiers Kind!
Sonst mußt du mit dem Kappelmönch zur Freite.
Benedikt. Was aber, Herr ... sagt mir jetzt lieber dies:
warum Ihr diebsgleich Gottfrieds Haus umschlichet?
Was wolltet Ihr mit Ottegebe tun?
Heinrich. Maulaffen fangen! An des Kaisers Hof,
und für drei rote Heller sie verhandeln.
Ja, Mönch, das wollt' ich. – Nichts. Was geht's dich an!
Benedikt.
Herr, habt Ihr uns nicht damals selbst belehrt ...
Heinrich. Wer bin ich, daß ich jemals wen belehrte?
Zum Dank belehr nun du mich, wo sie ist.
Benedikt. Nicht hier! Nicht bei mir!
Heinrich. Nicht? Wo ist sie denn?
Benedikt. Bei Gott.
Heinrich. Wo wäre sie?
Benedikt. In Gottes Händen.
Heinrich. Sie ist bei Gott. Was heißt das? Wirklich tot?
Benedikt. Nein: wer bei Gott ist, lebt.
Heinrich. Sie ist gestorben?
Benedikt. Nur für die Welt und als des Himmels Braut.
Heinrich.
Gut, Mönch. Ich weiß es, hätt' es sollen wissen. –
Zieh fest die Schlinge zu! Es ist genug.
*(Erschöpft und gebrochen.)*
Zum letzten Male denn! Mönch, dieser Tag
hat mich gelehrt: so arm ist keiner, Gott
kann ihn noch ärmer machen. Denn wo nahm
ein Räuber je dem alles, der nichts hat!? –
Wohl, wohl, das Kind ist tot! Sie ist gestorben,
ist hin! – Als mir ein weißer Lazarus
die Mär', wie sie gestorben ist, erzählte –
daß ihr das Herz brach um den siechen Herrn –,
da stieß ich mit der Macht des Wahnsinns nieder
den fürchterlichen Schrei, der in mir rang,
und schwieg – und glaubt' es nicht. Dann aber flogen
die Füße mir! Wohin? Ich wußt' es nicht:
durch Felder, durch Gestrüpp, bergauf, talunter,
durchs Rinnsal wild geschwollener Bäche, bis
ich hier an dieser letzten Schwelle stand.

Warum denn lief ich? – welcher goldene Preis
ließ mich so springen, einem Läufer gleich?
Was dacht' ich hier zu finden? War es nicht,
als riss' ein Feuerwirbel jäh mich fort,
als wär' ich selbst ein Brand, ein wilder Häher,
der schreiend und brennend durch die Wälder fährt?
Mir war ... rings klang die Luft: sie ist nicht tot!
sie lebt! Dein klein Gemahl ist nicht gestorben! –
Und dennoch, dennoch starb sie.

Ottegebe *(erscheint in dem Türchen zur Klause; hauchend, kaum hörbar).* Nein, sie lebt.

Heinrich *(ohne sie zu sehen noch zu erkennen; ebenso).*
Wer sprach das?

Ottegebe. Ich!

Heinrich. Wer?

Benedikt *(leise, heftig).* Geh! Was willst du hier?

Heinrich. Wer sprach das, Mönch?

Benedikt. Ich hörte niemand.

Ottegebe. Ich!

Heinrich.
Du? Wer? Noch einmal! Wer? Wer hat gesprochen?

Ottegebe. Ich! Ottegebe, Euer klein Gemahl.

Heinrich *(eine Weile in unsäglicher Bestürzung stumm, hernach).*
Wer? – Unrein! Unrein! Nein, bleib! Rede nicht!
Zwar denk ich, daß du nur ein Schatten bist,
und weiß es – doch kein Sterblicher kann wissen,
ob das abgründige Gift in meinem Blut
der seligen Geister schont. – Komm mir nicht näher!
Nein, bleib! Ich weiß, daß du nicht sterblich bist;
doch mir, mir kannst du sterben! Und ich will,
daß du in meines brechenden Auges Grund
als letzter Funke lebst. – Nein, nein, du bist
nicht Ottegebe! Deine Stirne ist
wohl rein und hoch und weiß wie ihre, doch
du bist nicht Staub. Aus deiner Stimme klingt
wohl etwas ... was? – Es ist mir mehr vertraut
als meiner toten Mutter Wiegenlieder.
Und dennoch bist du nicht das Pachterskind,
bist nicht mein klein Gemahl, hast nicht gesessen

zu meinen Füßen und mit deinem Haar
die Wunden mir getrocknet: sag mir das! –
Wärst du — du bist es nicht! —, wärst du es doch:
dann, dann ... wie sollt' ich dann das Licht erfassen,
das meines seligen Kerkers Wand durchbricht?
Dann war ich blind zeit meines Lebens, und
erst tief im Abgrund fand ich das Gesicht!
Dann, statt zu fluchen, müßt' ich segnen; danken,
statt anzuklagen, dem, der mich geführt,
und von des Thrones Höhe müßt' ich mir —
stünd' ich noch einmal dort — die Stufen graben
mit Nägeln und Zähnen bis in diese Gruft,
darein das Nichtallmächtige mich verstoßen
mit erzbarmherziger Faust. Du bist es nicht ...
Salve regina! – Sei mir Gott gnädig!
*(Er bricht zusammen. Sein Röcheln löst sich in Schluchzen, und seine Seele befreit sich in Tränen.)*

*(Ottegebe erscheint in der seltsamen Beleuchtung der Kapelle fast unkörperlich und wie von einer Glorie umstrahlt. Sie tritt zu dem Hingesunkenen, stützt sich auf ein Knie, hebt sein Haupt mit beiden Händen empor und küßt ihn auf die Stirn. Er starrt sie an, gehorsam wie ein Kind, als sei sie eine Himmelserscheinung, und auch der Pater ist außer Fassung in die Knie gesunken.)*

Ottegebe. Komm, es ist spät geworden, armer Heinrich!
Heinrich. Salve regina!
Ottegebe. Komm!
Benedikt. Wo willst du hin?
Ottegebe. Gehn, meinen himmlischen Geburtstag feiern.
Benedikt. Unter dem Messer des Salerner Arztes?
Ottegebe. Dank, Pater Benedikt! Gedenke mein!
Benedikt. Was soll ich deinem armen Vater sagen?
Ottegebe. Im Himmel ist mein Vater, und ich will
eher als du bei meinem Vater sein ...
Benedikt *(zu Heinrich)*.
Wo wollt Ihr hin?
Heinrich. Frag sie: ich weiß es nicht.
Ottegebe.
Komm, armer Heinrich, komm, verziehe nicht! –
Willst du mich, Pater, an die Erde binden

mit Stricken? Soll das Scherflein meines Bluts
mir noch zuletzt durch dich entwendet sein,
für das ich kann die Himmelskron' erkaufen?
Heinrich. Jungfrau, du bist mein . . .
Ottegebe. Gottes bin ich. Nein.
Oh, weh mir! Komm! Was sprichst du?
Heinrich. . . . denn mir ist
nur eben so viel Leben zugemessen,
als deine heilige Hand mir schöpfen kann!
Ottegebe.
Ich will dir schöpfen aus dem Brunn des Heils.
Doch nicht in eurer Welt. – Komm, komm! Es ist
bestimmt im Rat. Ich muß! Ich will! Ich muß!
Und Menschenworte sollen mich nicht hindern.
Die heilige Agnes . . .
Benedikt. Bist du Gottes Braut,
so will ich, Kind, dich, wie ich geh und stehe,
ins Kloster bringen, gleich, im Augenblick.
Ottegebe. Nein, Vater!
Heinrich. Jungfrau, wohl, so folg ich dir.
Führ mich ins Leben, führ mich in den Tod,
zum Rost des heiligen Laurentius,
zum Scheiterhaufen Polykarps: ich will
jedweden Henkers lachen, dir zur Seite,
wie du, und deines Worts Blutzeuge sein!

## FÜNFTER AKT

*Ein Saal im Schloß zu Aue. Durch eine Tür im Hintergrund blickt man in eine anstoßende Kapelle mit Altar usw.Auesche Fahnen, Kreuzpaniere und sonstige Reliquien sind darin aufgehängt. Rechts von der Kapelle, in gleicher Flucht, eine romanische Loggia. Auf der linken Seite des Saales ein reich behangener Thronsessel mit Stufen unter einem Baldachin. Es ist ein strahlender Spätfrühlingsmorgen. Hartmann von der Aue in reicher Kleidung, Pater Benedikt und Ottacker, der wie früher gewappnet ist.*

Benedikt *(mit Hartmann in engem Gespräch, während Ottacker respektvoll abseits steht).*
Es heißt, daß er zu Aachen im Turnier,
von einem Ritter durch den Helm gestochen,
fiel ...

Ottacker.
... und ins Gras biß!

Hartmann. Wär' es wirklich, wie
Ihr sagt — und fast die gleiche Kunde, Pater,
drang schon zu mir von Grave Konrads Fall —,
so sind, ein frommer Dienstmann darf es sagen,
die Wege Gottes doppelt wunderlich:
denn jetzt — Ihr wißt, daß ich mit knapper Not
dies feste Schloß dem alten Herrn erhalten! —
jetzt eben hat der Wind mir zugeweht
dies Brieflein seiner festen Manneshand.

Benedikt. Aus Welschland?

Ottacker. Nein, ich kenn ihn, der es brachte;
es ist ein Köhler aus dem Zastlertal.

Hartmann. Nun? Und hast du ihn ausgefragt?

Ottacker. Potz! Ja!
Ich hab ihn ins Gebet genommen, freilich,
doch dieser eigensinnige Racker ist
so stumm und maulfaul wie sein Köhlerbaum.

Benedikt. Meint Ihr, er sei im Zastlertal bereits?

Ottacker. Streckt mich, wo unser Herr nicht dort ist!

Hartmann. Ja.
Wo sonst? Wer hätte sonst den Brief geschrieben,

der — lest! — zwar vieles Dunkle noch enthält,
doch ziemlich sicher läßt so viel erraten,
daß er vielleicht schon heut wird bei uns sein.
Benedikt. Hier seht, mein Brief, lateinisch abgefaßt,
stammt aus Venedig.
Ottacker. Bei Sankt Annen! Mir,
so scheint es, hat er keinen Brief geschrieben.
Hartmann. Und was enthält er?
Benedikt. Wenig klare Worte:
zwar hätt' ich fast ihn damals arg erzürnt,
allein er wolle christlich mir vergeben ...
Ottacker. Gott geb' uns allen Absolution!
Benedikt. ... nur soll' ich jetzt gehorsam mich erzeigen
und früh am Morgen zu Johannis Tag
in Aue ihm die Schloßkapelle richten.
Hartmann *(mit ahnungsvoller Heiterkeit).*
So seid Ihr also hier und könnt es tun. —
Nehmt diesen Schlüssel denn — dem Himmel Dank
und meinen dreizehnhundert Rittern und Knechten,
daß ich ihn halten konnte hier am Ring!
Dank ihm erhielt ich wiederum die Knechte.
Nehmt ihn und steigt hinab ins Schatzgewölb' —
glaubt mir, dem Grafen Konrad wässerte
der Mund gewaltig, das zu tun — und holt
das schwere goldene Meßgeschirr herauf
aus Kaiser Karols Zeit!
Benedikt *(nimmt den Schlüssel).*
Wie Ihr befehlt. —
Was denkt Ihr wohl: meint Ihr, er sei genesen?
Hartmann *(achselzuckend).*
Ja, Pater Benedikt, das weiß ich nicht.
Benedikt. Ist das Gerücht auch bis zu Euch gedrungen,
wonach die Wunderkur des Arzts gelang?
Hartmann. Ja, dies Gerücht und andere. Zwanzigmal
hieß es: er sei gestorben zu Florenz,
zu Padua, zu Ravenna ... liege tot
zu Monte Cassino, sei ertrunken, sei
erstochen, stürzte in den Ätna sich! —
Und andere hundert Male hieß es dann:
ein Engel habe ihn gesund geküßt,

das Bad zu Pozzuoli ihn gereinigt,
der Meister zu Salerne ihn geheilt.

Benedikt *(seufzend).*
Was soll man glauben, und was soll man tun?

Hartmann. Denkt Ihr wie ich: von fester Treue sein!

Benedikt. Und Ottegebe? —

Hartmann. Pater Benedikt!
Ist unser Herr gesund, so will ich sagen,
der Himmel habe diese Heilige ihm
erweckt, auf daß er lebe, und ihr Tod
mag Gottes Fügung sein.

Benedikt. Wohl! Immerhin,
es bleibt ein bittres Amt, ihn zu empfangen:
denn was ich sah, Herr Ritter, mittlerzeit,
und durchgemacht, seitdem das Kind entwichen —
wir haben sie gesucht: Gottfried, Brigitte
und ich, von Ort zu Ort, von Stadt zu Stadt,
in Hospitälern, in den Lasterkellern
des Elends —, nein, Herr, das vergißt sich nicht.
Und außerdem, wär' ich von Mitschuld frei!
Jedoch es nistet hier in meiner Brust
ein grimmer Vorwurf, der nicht schweigen will.

Hartmann.
Ihr habt die Magd gekannt von Jugend auf?

Benedikt. Wie meine Tochter, wie mein eigenes Kind!
Und hätt' ich ganz als eigen sie erachtet,
hätt' ich ihr können ganz ein Vater sein.
So war ich nur ein Mietling und kein Hirte.

Hartmann. Soll ich Euch sagen, was mich will bedünken?
Frau Venus hat's der Dorfmaid angetan!

Benedikt. Irdische Minne war's: Herr, Ihr habt recht.
Die hoffnungslose Minne ist's gewesen,
die alles hoffen, alles dulden muß.
Den gleichen Irrweg bin ich einst getreten —
und doch, vom Schein des Himmlischen betört,
konnt' ich ihn, blind, auch diesmal nicht erkennen.

Hartmann. Ich denke nicht so, Pater Benedikt.
Mir ist das Kind auch heute noch die Heilige!
Was himmlisch schien, ist himmlisch, und die Liebe
bleibt — himmlisch, irdisch — immer eine nur.

Benedikt. Weltliche Weisheit! Nun: hätt' ich davon
in harten Prüfungsstunden mehr besessen!

Hartmann. Es trieb sie für Herrn Heinrich in den Tod.
Warum? Der Sache hab ich nachgehangen.
Im Tod hat ihre Liebe triumphiert:
er war ihr lieberzwingendes Bekenntnis!

Benedikt. Hätte das Kind sein Leben so gelassen,
so wär's ein Liebeswunder, staunenswert!
Wahrlich, man möchte drum getröstet sein.
Doch glaub ich's nicht mehr — nein: die Perle ist
gefallen und erloschen in der Pfütze.
Gott mag's dem Herrn, mir soll er nie verzeihn!

Hartmann *(zu Ottacker, der Miene macht, hinauszugehen)*. Wo willst du hin, Ottacker?

*(Ottacker macht eine abwehrende Bewegung, steht widerwillig.)*

Nun? Was ist? *(Zu Benedikt.)*
Kennt Ihr wohl diesen wackren Reitersmann?

Benedikt. Nein.

Hartmann. Nicht? Er steckt voll putziger Geschichten,
die er nicht nur bei Knecht und Magd im Stall,
sondern auch oftmals in der Kindlein Stuben
zum besten gibt.

Ottacker. Daß mich der Donner! Herr,
was Ihr damit wollt meinen, weiß ich nicht!

Hartmann.
Er flucht, daß sich der Himmel möchte bücken,
schwört, daß die Kröten hüpfen — oder nicht? —
er habe nie dem armen Pachterskinde
die Mär' von dem Salerner Arzt erzählt.

Benedikt. Seid Ihr der Mann?

Ottacker. Wer soll ich sein? Wie? Was?
Fahre der Teufel . . .! Herr, ich will nicht fluchen.
Laßt mich getrost auf meine Schanze gehn! *(Ottacker ab.)*

Hartmann. Jawohl! Der ist es.

Benedikt. Der den Herrn verließ?

Hartmann. Und in den Kindskopf böse Raupen setzte!
Sein Schädel ist ein Nest voll Schlangeneier,
wovon die fliegende Hitze seines Leibes
fast stündlich eins auskriechen macht. Er schleppt

Euch Holz, voll Andacht, zu den Scheiterhaufen
Aussätziger und Juden, ist gespickt
mit Amuletten, glaubt an Leichenvögel,
Diebsfinger, trägt ein Fläschlein Menschenbluts
allzeit im Sack und schwört auf alle Dinge,
die ängstlich, fremd und unbegreiflich sind.

Benedikt. Die Welt ist voll Dämonen. Immerhin!
Doch Untreu' schändet.

Hartmann. Seht: und dieser Mann,
der feigerweise einst den Herrn verließ,
warf sich noch jüngst, von dieser Burg herab,
den Feinden dieses gleichen Herrn entgegen,
ein schäumender Keiler voller Todesmut.

Ottacker *(kommt ungestüm wieder hereingestürzt)*.
Der Teufel fahr' in meinen Mund, Herr! aber
nun gebt mir Urlaub!

Hartmann. Wohin willst du?

Ottacker. Fort!
Unten im Hofe steht ein alter Mann
und, Gott verzeih' mir's, eine alte Vettel . . .
Zum Teufel, lieber doch ins Mohrenland!

Hartmann *(vom Fenster in den Hof blickend)*.
Gottfried! Brigitte! Pater, meiner Treu,
die beiden Alten sind's vom Wehrawalde! *(Ottacker ab.)*

Benedikt. Versteht Ihr das?

Hartmann. Nicht ganz. Allein mir ist,
als hab es uns nichts Übles zu bedeuten.
Denkt Eures Altars! Alle Zeichen sprechen,
und dieses neue hier zuallermeist,
daß unser alter Herr in alter Weise
und planvoll wiederum das Steuer führt.
Ein guter Heiliger begann den Tag,
ihm denk ich mich, nächst Gott, zu überlassen.

*(Ein Mönch, die Kapuze vor dem Gesicht mit der Linken zuhaltend, in der Rechten den Pilgerstab, erscheint und geht hastig quer durch den Raum.)*

Hartmann *(erschrickt und stellt den Mönch)*.
Wo willst du hin? Wie kamst du durch die Wachen?
*(Der Mönch deutet durch Zeichen an, daß er mit ihm allein sein wolle.)*

Geht! Nachricht bringt er, scheint's, für mich allein.
*(Benedikt ab.)*

Hartmann *(das Schwert ziehend).*
Jetzt rede!

Der fremde Mönch.
Hartmann!

Hartmann. Heinrich! Gnädiger Gott!
*(Heinrich und Hartmann liegen einander stumm in den Armen.)*

Heinrich.
Gott sprach zu mir: Geh, zeige dich den Priestern!

Hartmann.
Genesen? Und ...?

Heinrich. Das Kind? Schick in den Wald
und heiß dir das Gemahl selbst Antwort geben!

Hartmann.
Nun — beim lebendigen Gott! — so lebt das Kind?

Heinrich. Meinst du, ich stünde hier, wär' sie gestorben?

Hartmann *(fest).*
Nein, Herr.

Heinrich *(ebenso).*
Nein, Hartmann.
*(Erneuen die Umarmung. Sich lösend.)*
Wohl! vorerst genug! —
Wie mittlerweile alles sich gefügt
bis hierher, wo ich mit gesunden Füßen
nun wieder trete diesen alten Stein
und braven Felsen meiner Stammburg ... still! —
Von allem, was ich weiß, erfuhr, erlebte,
ergründete, erlitt: von allem still,
bis auf gelegene Zeit. — O guter Hartmann,
Geduld!

Hartmann.
Wißt Ihr, daß Euer Vetter Konrad
zu Aachen, schwer verwundet beim Turnier,
darniederliegt?

Heinrich. Er fiel vom Pferd, ich weiß,
von niemand als dem eignen Gaul geworfen,
und starb unrühmlich! Ja, die Englein schwingen
den Würfelbecher! Still davon, mein Freund,

und zu des Tages dringenden Geschäften!
Wo ist der tapfere Pater Benedikt?
H a r t m a n n. Den Altarschmuck zu holen im Gewölbe.
H e i n r i c h. So sag ihm, daß er sich damit beeil',
und plündert mir die Myrten, guter Freund,
im Kreuzgang, ja! – denn ich will Hochzeit halten
heut, ohne Zögern, und der Torwart soll
ein schlichtes Kränzlein binden, groß genug
für eines jungen Pachterkindes Haupt.
H a r t m a n n. Was sagt Ihr?
H e i n r i c h. Nichts, Freund, als just eben das!
Und ferne sei mir, was ich fest beschlossen,
vor Menschen zu verteidigen. Es ist
so, wie es ist! Und damit sei's genug.

Als mich der erste Strahl der Gnade streifte
und eine Heilige zu mir niederstieg,
ward ich gereinigt: das Gemeine stob
aus der verdumpften und verruchten Brust,
der mörderische Dunst der kalten Seele
entwich, der Haß, der Rachedurst, die Wut,
die Angst — die Raserei, mich aufzuzwingen
den Menschen, sei's auch durch gemeinen Mord,
erstarb. – Doch ich blieb hilflos! Angeklammert
hing ich betäubt an meiner Mittlerin
und folgte blindlings allen ihren Schritten.
In ihre Aureole eingedrängt,
in ihrem Dunstkreis konnt' ich wieder atmen,
und Schlaf, der mich gemieden hatte, schloß,
wenn sie die Hand mir auf die Stirne legte,
mein Herz vor den Dämonen wieder zu!
*(Pater Benedikt erscheint.)*

Dich such ich! Dich vor allem, Pater, komm!
Hilf mir! Ich bin gesund! Ich bin genesen!
Am Ziel – und doch auch, Pater, weit vom Ziel.
Sprich nichts! Sag nichts! Hör weiter meine Beichte! –
Da traf der andere Strahl der Gnade mich.

Was soll ich sagen? – An dem neuen Strahl,
der aus des Kindes schweren Wimpern zuckte –

sie lebt! Schau nicht so wachsbleich, alter Mann! –
gebar aufs neue meine Liebe sich
in die erstorbene, finster drohende Welt.
Und in der Flut des lichten Elements
entzündeten die Hügel sich zur Freude,
die Meere zur Wonne und die Himmelsweiten
zum Glücke wiederum – und mir im Blut
begann ein seliges Drängen und ein Gären
erstandener Kräfte: die erregten sich
zu einem starken Willen, einer Macht
in mir, fast fühlbar gen mein Siechtum streitend. –
So rang's in mir! Noch ward ich nicht gesund,
doch fühlt' ich eins: daß ich es mußte werden –
oder mit ihr den gleichen Tod bestehn.
Ihr Herrn, sie zog mich bis Salerne fort,
gegen mein Reden, gegen meine Bitten.
Ich wollte ihr Gelübde brechen, und
es überwand mich. – Zwar das Paradies
des Südens hemmte oftmals ihren Schritt.
Im blumigen Smaragd des Apennins
stand sie wohl starr und von der Pracht betroffen ...
oder am Strand still, bleich vor Schmerz und Glück –
doch dann – in solchen Augenblicken schien sie mir
groß, schien zum Seraph mir emporgewachsen! –
doch, sagt' ich, dann verschloß sie sich der Welt,
und wie vom Hunger nach dem Tod ergriffen,
zwiefach, zog sie mich dann gen Süden fort.

Wir stunden vor dem Arzt – trotz allem, ja,
wie ich euch sagte; unten in Salerne.
Er sprach zu ihr. Er fragte, was sie wolle? –
Sterben für mich. Er staunte, zeigte ihr
die Messer, das Gerät, die Folterbank,
riet zehnmal ab ... doch alle seine Worte
beirrten sie nicht einen Augenblick:
da schloß er sich mit ihr in seine Kammer. –
Ich aber – nun, ich weiß nicht, was geschah –,
ich hörte ein Brausen, Glanz umzuckte mich
und schnitt mit Brand und Marter in mein Herze.
Ich sah nichts! Einer Türe Splitter flogen,

Blut troff von meinen beiden Fäusten, und
ich schritt — mir schien es — mitten durch die Wand! —
Und nun, ihr Männer, lag sie vor mir, lag
wie Eva nackt, lag fest ans Holz gebunden!
Da traf der dritte Strahl der Gnade mich:
das Wunder war vollbracht, ich war genesen!
Hartmann, gleichwie ein Körper ohne Herz,
ein Golem, eines Zauberers Gebilde —
doch keines Gottes — tönern oder auch
aus Stein oder aus Erz — bist du, solange nicht
der reine, grade, ungebrochene Strom
der Gottheit eine Bahn sich hat gebrochen
in die geheimnisvolle Kapsel, die
das echte Schöpfungswunder uns verschließt:
dann erst durchdringt dich Leben. Schrankenlos
dehnt sich das Himmlische aus deiner Brust,
mit Glanz durchschlagend deines Kerkers Wände,
erlösend und auflösend — dich! die Welt! —
in das urewige Liebes-Element. —
Geh, leite sie herauf! —

*(Hartmann ab.)*

— Pater, sie ist
hier. Doch du wirst das Mägdlein nicht mehr finden,
wie du's gekannt hast. Noch in jener Stunde,
da ich sie losband von des Meisters Tisch
und mir das zitternde Geschenk des Himmels
davontrug, brach sie in sich selbst zusammen.
Erst lag sie da, in Fiebern, wochenlang,
und als sie sich erhob vom Krankenbette,
war sie verwandelt. Ob die Füße kaum
sie auch ertrugen, doch bestieg sie nicht
den Zelter, den ich ihr zur Reise dang.
Mit Gliedern, schwer wie Blei, an meiner Seite
mühselig laufend, schien sie mich zu fliehn,
und schaudernd nur erträgt sie meine Nähe.

B e n e d i k t. Wo ist sie? Bringt mich zu ihr! Herr, vergebt:
mir ist die Zunge schwer in dieser Stunde
der Dankbarkeit. Sie kommt! Laßt uns allein!

*(Heinrich zieht sich in die Kapelle zurück. — Ottegebe wird von Hartmann hereingeführt. Sie erscheint bleich und über-*

*müdet, ist barfuß und wie eine Pilgerin gekleidet und geht am Stabe.)*

Ottegebe *(mit unsäglichem Staunen um sich blickend).*
Wo bin ich, Herr?
Hartmann. Im Schloß zu Aue.
Ottegebe. Wo?
Hartmann. Im Schloß zu Aue!
Ottegebe. Wo? – In welchem Lande?
Hartmann.
Im Schwarzwald, Herrin, und auf heimischem Grund!
Benedikt.
Sieh mich doch an: willst du mich nicht mehr kennen?
Ottegebe *(hartnäckig grübelnd).*
Verzieh ein wenig!
*(Mit angstvollem Jubel sich an seine Brust werfend.)*
Pater Benedikt!
Sag niemand, niemand, Vater, wer ich bin!
Hilf mir! Sei treu! Sei gut! – Sei mir barmherzig,
daß bodenlose Scham mich nicht verbrennt.
Benedikt.
Nun, nun, gemach! Ich will dich wohl verbergen,
wenn anders du nicht wohl geborgen bist.
Ottegebe. Ja, hier bei dir, in deiner stillen Klause.
Benedikt. Wie?
Ottegebe. Hier bei dir, geborgen, tief im Wald!
Benedikt. Komm doch zu Sinnen, wegemüdes Kind!
Du irrst: die Vögel spielen in den Gründen,
und davon schallt Gezimmer nur und Saal
im Schloß. Wir sind hier nicht in meinem Walde.
Ottegebe. Ich kann mich nicht besinnen, wo wir sind.
Komm tiefer, tiefer, Vater, in die Berge!
Hör mich . . . nein, später! Komm! Nein, noch nicht hier. –
Ich log! Ich bin verdammt! Ich bin verworfen!
Benedikt. Nein, Jungfrau, gegen dich zeugt deine Tat.
Du warst bereit, dein Leben hinzugeben
zur Sühne für des armen Heinrichs Not.
Gott aber tat dir wie dem Isaak:
er nahm das Opfer liebreich vom Altare!
Ottegebe.
Ich starb – starb auf dem Altar, ward verzehrt

von einem harten, wilden, fremden Feuer,
davon ich loderte im tiefsten Mark.
Ich wollte schreien: Hölle, laß mich los! –
Der Laut gerann auf meinen gierigen Lippen.
Stoß zu, eh ich verderbe, schlechter Arzt!
ächzt' ich. – Umsonst! Die durstigen Glieder sogen
des Feindes Gift schon lechzend in sich ein.
Und eh die Englein Hosianna sangen,
starb mein Verlangen an des Satans Brust!

Benedikt *(sie während des Nachfolgenden stützend und gegen den Thronsessel geleitend).*
Was soll man zu dem allen sagen? Sieh:
du kennst mich, weißt, daß auf der weiten Erde
mir nichts so nah am Herzen ruht als du.
Beherzige denn des alten Beichtigers Worte!
Der Arzt, der Meister, mag ein Teufel sein:
doch grade darum ward der Herr erreget
zur Rettung just im letzten Augenblick.
Und so lagst du nicht in des Teufels Arm,
sondern an dessen Brust, um dessen Seele
du rangest – und der nun um deine rang.

Ottegebe *(in tiefer Erschöpfung auf den Thronsessel sinkend).* Ich log! Ich rang um seine Seele nicht,
und darum stellte Gott mich an den Pranger.
*(Sie schlägt die Hände vors Gesicht.)*

Heinrich *(leise aus der Kapelle, kniet vor ihr nieder).*
Blick um dich, zittere nicht! Du bist die Taube
im Käfig nicht – ich bin die Schlange nicht,
daß du vor meinem Blicke brauchtest beben.
Doch bist du mein: des Mannes, der ich bin;
der dein ist. Kein Versucher bin ich, nein!
bin ein Versuchter – bin, wie du, versucht.
Und ob du freier schon von Schlacken bist,
so hat auch mich das Feuer so geadelt,
daß ich, als Ring geläuterten Metalls,
den Demant reinen Wassers weiß zu fassen,
der deine unbefleckte Seele ist.

Und also, klein Gemahl, sag mir ein Wort,
ganz leise nur, auf meine leise Frage;

dann magst du von den überschweren Mühn
des langen Morgens, der sich uns nun endet
in einen klaren Tag, dich ausruhn. Wolltest du
mir nicht mein Leben wiederschenken und
deins dafür geben? Gib mir deines denn:
es ist, es war von Ewigkeiten mein!
Du meine todgetreue Dienerin,
laß mein Gebot dich heute wiederum,
zum allerletztenmal, gehorsam finden –
es lautet: sei fortan mir Herrin, sei
mein Weib!

*(Ottegebe hat die Augen weit und verzückt aufgetan und hernach, wie von einer ungeheuren Lichterscheinung betäubt, langsam geschlossen.)*

Benedikt. Sie ist im Sturm des Lichts entschlafen,
und doch hat sie die Glorie noch gesehn.

Heinrich *(aufspringend, mit Entschlossenheit).*
Irdische Hochzeit oder ewiger Tod!

*(Ottacker ist in die Tür getreten. Er erkennt Heinrich, tut einige Schritte auf ihn zu und bricht vor ihm zusammen.)*

Ottacker! Du getreuer Ungetreuer,
steh auf, uns allen soll vergeben sein!
Du rangst! Dein Ringen hab ich wohl erkannt.
Die Ringenden sind die Lebendigen, und
die in der Irre rastlos streben, sind
auf gutem Weg. Und nun zum Zeichen, Freund,
daß ich der Deine bin wie ehemals,
sollst du, indes ich mich in Purpur kleide,
Gralswächter mir an meinem Throne sein.
*(Er und Hartmann ab.)*

Benedikt. Ruh! Ruh!

Ottacker *(zur Seite des Thrones aufgepflanzt).*
Und schliefe sie hier tausend Jahr',
Mönchlein, und wich' ich je von dieser Stelle,
sei's auch, es überwände mich der Tod,
so stoßt mich in die ewige Verdammnis!

*(Der Pater ist in die Kapelle gegangen, wo man ihn am Altar hantieren sieht. – Nun füllt sich der Saal nach und nach mit Rittern, geharnischten und ungeharnischten.)*

Erster Ritter. Wie?

Zweiter Ritter. Dort!
Erster Ritter. Wo, Ritter?
Zweiter Ritter. Auf dem Throne dort.
Ottacker. Leise, ihr Herren!
Erster Ritter. Was ist's mit diesem Bilde?
Dritter Ritter.
Ihr Herren, es ist dieselbe, meiner Treu,
die ich vom Pallasfenster aus noch eben
sah, unten am Mauerbörnlein vor dem Tor,
sich neigen und aus hohlen Händen trinken.
Erster Ritter. Ist es Frau Aventiure?
Ottacker. Herr, seid still!
Heilig ist einer Heiligen Schlummer, und
sie ist zudem noch unsre Herrin.
Vierter Ritter. Wie?
*(Allgemeines herzliches Lachen der Ritter.)*
Fünfter Ritter.
Was sagt der Querkopf und Gespensterseher?
's ist ein landfahrend Mägdlein, weiter nichts.
Ottacker. Daß Euch die Maden! Daß die Augen Euch
verglasen, Herr . . . Sie lebt! Gottlob, sie lebt!
Erster Ritter.
Ei, freilich lebt sie. Sie bewegt die Lippen.
Ottegebe.
Solch einen Sturm von Liedern hört' ich nie . . .
Zweiter Ritter. Sie träumt.
Ottegebe. Ach, Vater, kannst du das nicht hören?
Erster Ritter. Was spricht sie?
Ottegebe. Mutter, Mutter! siehst du nicht . . .?
Erster Ritter. Was will sie?
Ottegebe. Eine Krone senkt sich nieder . . .
ach, viele, viele Hände tragen sie!
Dritter Ritter. Mägdlein, wer bist du?
Ottegebe *(im Schlaf).* Eure Herrin nun!
Erster Ritter.
Mein liebes Kind, wer du auch sein magst immer:
vor deinem Liebreiz beug ich gern mein Knie.
Doch unser armer Graf von Aue ist
fern in die Welt versprengt und unbeweibt.
*(Staunen und steigende Erregung unter den Rittern.)*

Benedikt *(aus der Kapelle wieder eintretend, geheimnisvoll).* Still! Friede, ihr Herren! Hört: dies Wunder ist
von einer solchen Hand hierher geleitet,
der Menschenwille nicht kann widerstehn;
und dieses Thrones Baldachin hat nie
ein Weib von reinerem Adel überschattet.
Beugt euch! Sie ist die Herrin, muß es sein.
Und der verschollne Fürst, Heinrich von Aue,
ist kein Verschollner mehr, weilt unter uns
und wird, gesund und bis ins Mark genesen,
bald dieses Saales stolzer Pfeiler sein.

*(Die Ritter brechen in ein ungeheures Jubelgeschrei aus: Heil! Heil! Her! Her! Denn Heinrich, mit Purpurmantel und Schwert angetan, unter Vorantritt von drei Pagen, von denen der erste auf einem Kissen zwei Kronen trägt, ist an der Seite Hartmanns eingetreten.)*

Heinrich. Habt Dank! Ich grüß euch aus erneuter Seele
mit alter Liebe! – Unter diesem Kleide
aus Purpur berg ich Narben. Narben sind
kostbarer als der Purpur! Ja, ich griff
die Wahrheit tausendfach, und was ich packte,
schnitt Runen mir ins Fleisch. Was unten gärt
an Ängsten, giftigen Krämpfen, blutigem Schaum:
ich kenn's. Ich sah!! Ich wälzte selber mich
verzweifelt in den Bulgen der Verdammten,
bis daß die Liebe, die uns alle sucht,
mich fand. *(Zu Ottegebe gewandt.)*
Sankt Ottegebe, Taube sonder Gallen! –
Tretet zurück! Wach auf, Gemahl! Gebt mir
die Krone, Knaben!
*(Er nimmt eine Krone und hält sie über Ottegebes Haupt.)*
Diese Jungfrau war
mein Mittler – wahrhaft! Ohne Mittler kann
Gott nicht erlösen. Sei euch dies genug!
*(Er krönt sie.)*
Und somit frag ich euch – im Schlummer krönt
Gott seine Auserwählten! –, wollt ihr sie
als eure Herrin ehren, mehr als mich,
und unter ihrem milden Zepter stehn –
und wollt ihr uns die Hochzeitsglocken läuten?

Hartmann.
Herr! Herr! Was sagt Ihr? Nicht die Glocken nur,
wir wollen an die erzenen Schilde schlagen,
und dieses alten Schlosses Fenster sollen,
wie Munde, Freude über die Täler schrein!
*(Erneutes, mächtiges Jubelgeschrei der Ritter.)*
Heinrich *(flüchtig verfinstert).*
Still, kein Tumult! Nicht diese grelle Lust,
die nur betäubt, nicht weckt; die mehr ein Fest
entweiht, ja, seine Seele niederschlägt. Feigheit
horcht nach dem wilden Schall der schmetternden
Trompeten. Doch wir sind nicht feig: wir sind
Männer und Wissende allezeit. – Es ist
ein stolzes Ding, die Lust verstehn und Herr
der Freude sein! Des Abgrunds Tiefen ruhn
unter des Schiffes Kiel, auf dem wir gleiten,
und ist ein Taucher dort hinabgetaucht
und heil zurückgekehrt zur Oberfläche,
so ist sein Lachen, wenn er wieder lacht,
Lasten von Golde wert.
Ottegebe *(erwacht).* Was ist mit mir?
Benedikt. Füge dich! Beuge dich!
Heinrich. Nein! Statt dich zu beugen,
richte dich stolz auf! Hebe dich empor!
Ottegebe *(erhebt sich in zitternder Seligkeit).*
Wie du befiehlst, Herr!
Heinrich *(zu Benedikt).*
Tue nun dein Werk!
*(Pater Benedikt wechselt die Ringe. Dabei beginnen die Glocken leise zu tönen.)*
Ottegebe. Ach, du hast viel gelitten, armer Heinrich.
Heinrich. Du mehr als ich! Doch davon still, Gemahl.
Es steht im heiligen Koran geschrieben,
daß nach dem Schweren auch das Leichte kommt!
Ottegebe. Geschehe, was du willst!
Benedikt. Es ist geschehen!
*(Heinrich zieht Ottegebe an sich, und sie finden sich in einem langen Kuß.)*
Ottegebe.
Heinrich! – Nun sterb ich doch den süßen Tod!

H e i n r i c h *(sich die zweite Krone aufsetzend).*
Und so ergreif ich wiederum Besitz
von meinem Grund. Gestorben! Auferstanden!
Die zween Schläge schlägt der Glockenschwengel
der Ewigkeit. Los bin ich von dem Bann!
Laßt meine Falken, meine Adler wieder steigen!

# NACHWORT

*Der arme Heinrich – Eine deutsche Sage* – ist in vielfachen Entwürfen und Umgestaltungen in den Jahren 1897–1902 entstanden; am 29. November 1902 kam das Spiel mit bedeutenden Darstellern, an ihrer Spitze Josef Kainz und Hedwig Bleibtreu, im Wiener Hofburgtheater zur Uraufführung. Die Arbeit an diesem Werk fiel in eine Zeit schwerer körperlicher und seelischer Erschütterungen, in Jahre einer tief eingreifenden Lebenskrise von Gerhart Hauptmann, aus der er sich nur langsam zu befreien vermochte, bis 1904 die Ehe mit Margarete Marschalk möglich wurde und ein neues, beglückendes und sicherndes Lebensverhältnis erreicht worden war. 1898 entstand *Fuhrmann Henschel*, 1900 *Michael Kramer*. Es folgte *Rose Bernd* – durchweg Gestaltungen sehr verdüsterter Lebensperspektiven. Man hat den *Armen Heinrich* geradezu das Hauptwerk jener Epoche genannt, denn es eröffnet „erschütternde Einblicke in seine gepeinigte und oft am Rande der Verzweiflung nach einem Ausweg suchende Seele". Hauptmanns *Buch der Leidenschaft* enthält die Zeugnisse dieser Jahre. In den Stoff der mittelhochdeutschen Legendendichtung des Hartmann von Aue, der um 1160 geboren, um 1220 gestorben, die Geschichte vom *Armen Heinrich* nach einer Kreuzfahrt (1189) in vierhebigen gereimten Versen und fast schon der Novelle genähert erzählt hat, prägte Hauptmann sehr persönliche Erlebnisse ein. Sie erscheinen in der Grundthematik der Wendung aus dem Sturz in die Einsamkeit und die Verfallenheit zur Erlösung durch die Liebe. Wenn jedoch G. Hauptmann seine Bekanntschaft mit dem Stoff, seine Ergriffenheit durch ihn schon weit früher, bis in seine erwachende Knabenzeit zurückverlegte, als ihm ein Gedicht von Chamisso (1839) die erste Bekanntschaft mit der Legende vermittelte, so deutet dies an, daß, was ihn anzog, nicht lediglich auf die isolierte Lebensspanne beschränkt war, in der das Spiel entstanden ist. Der Stoff barg Elemente, die auf seine tiefere, andauernde Lebensthematik zurückverweisen und seine dichterische Einbildungskraft in produktive Erregung brachten. Trotz ausgedehnter historischer Studien, trotz der Bemühung, der Verssprache des Blankverses etwas Archaisches mitzuteilen und so eine historische, der Frühzeit des Sagenhaften angenäherte Ausdruckssphäre sprachlich-rhythmisch zu erreichen: dies Drama hat nichts mit dem realistischen Illusionsstil des historischen Dramas des 19. Jahrhunderts und dessen romantisierendem Kostümzauber zu tun, obwohl sein märchenartiges Beschwören der fernen südlich-östlichen Welt noch an die Neigungen des abgelaufenen Jahrhunderts zum Exotisch-Traumhaften der Üppigkeiten des Südmeers und Orients erinnert. Es wäre auch oberflächlich, in dem Rückgriff zur mittelalterlichen Legende nur eine Anpassung an jene psychologisch-literarischen Strömungen um die Jahrhundertwende zu sehen, die formelhaft und recht ungenau meist unter dem Begriff einer „Neuromantik" zusammengefaßt werden. Denn längst wurde deutlich, daß die Kette verwandter dramatischer Dichtungen, die mit der *Versunkenen Glocke* 1896 einsetzt, in *Veland* (gedr. 1925), *Und Pippa tanzt* 1905, *Kaiser Karls Geisel* 1906/07, *Griselda* 1908, *Ulrich von Lichtenstein* 1910, von vielen unausgeführten Plänen und Entwürfen zu schweigen, Ring an Ring schließt, nicht eine Ablösung von der Dramengruppe mit naturalistischer Thematik und Stilform bedeutet, sondern wie sie, mit ihr zusammen, auf einen tieferen konstanten Erlebnis- und Gestaltungsgrund in G. Hauptmanns Schaffen hinweist, angesichts dessen die Wandlungen des Stofflichen und der Formen vordergründig bleiben. Hinter dieser künstlerischen Universalität ist eine durch das gesamte Werk, in allen seinen Auffächerungen festgehaltene Grundthematik, wenn auch mit vielen Verwandlungen und verschiedenen Antworten, gegenwärtig. Diese Grundthematik beruht in einer sich wesenhaft gleichbleibenden Erlebnis- und Imaginationskraft. Wenn also Gerhart Hauptmann in einem Briefe bat, dies „Gedicht als einen lebendigen Teil meines eigenen Wesens aufzufassen", so war dies nicht nur im engeren Sinne biographisch gemeint.

Es war gewiß nicht nur eine geschichtlich und religiös verklärte Romantik des Poetischen, die ihn an den schwierigen Stoff fesselte; schwierig nicht nur wegen der Brutalität des Vorgangs, die 1811 Goethes heftige Abwehr bei der Lektüre der mittelhochdeutschen Verserzählung herausgefordert hatte, schwierig vielmehr auch, da der epische Stoff der dramatischen Umformung einen erheblichen Widerstand leisten mußte. Zwar waren im 19. Jahrhundert schon mehrfach dramatische Bearbeitungen erfolglos versucht worden; auch das zuerst 1895 aufgeführte Musikdrama von Hans Pfitzner (Text von James Grun) hat sich auf der Bühne nicht gehalten. Hauptmann mußte gegen solche stoffliche und formale Problematik seine dichterische Intention durchsetzen. Er mußte zudem in sich selbst zur klärenden Distanz von der ihn in diesen Jahren quälenden, fast ausweglos erscheinenden Bedrückung gelangen. Dies alles forderte Jahre des Ringens um eine endgültig befriedigende Fassung des Spiels. (Vgl. dazu W. A. Reichart und Ph. Diamond, *Die Entstehungsgeschichte des „Armen Heinrich"*, G.-Hauptmann-Jahrbuch I, 1936, S. 1 ff., eine der vorzüglichen Arbeiten, welche die Hauptmann-Forschung gerade der amerikanischen Germanistik verdankt). In ihr wurde das Geschehen nach innen, in die psychologischen Vorgänge gelegt; das Stoffliche wurde in die Seelengeschichte von Heinrich und von Ottegebe übersetzt. Der dramatische Vorgang vollzieht sich als eine höchst spannungsreiche innerseelische Bewegung, reich differenziert in ihren Stufungen, Umbrüchen und Wandlungen. Dennoch genügt die Feststellung, Hauptmann habe die einfache religiöse Erzählung des Mittelalters in ein modernes psychologisches Seelendrama verwandelt, noch nicht. Denn es handelt sich in der Begegnung und im Geschick von Heinrich und Ottegebe nicht nur um einen psychologischen Ablauf, obwohl er komplex genug und auch mit genauer Kenntnis der zeitgenössischen Seelenkunde aufgebaut worden ist. Es geht Hauptmann nicht nur um die einmalige Individualpsychologie dieser beiden tief erschütterten, leidenden und endlich einander zur Erlösung befreienden Menschen, sondern es geht ihm in ihnen um die Lage der menschlichen Kreatur im Leid des Irdischen überhaupt: um die verzweifelte Ausgesetztheit des Menschen im Schmerz des Daseins, in seiner Einsamkeit angesichts des Sinnlosen und angesichts der Unfaßbarkeit des unbekannten, sich verbergenden Gottes. Es geht ihm zugleich um die irdische Erlösungskraft der Liebe, durch die im heilig-schöpferischen Mysterium das Göttliche in und über dieser Welt wirksam wird. Das psychologische Drama weitet sich zum metaphysischen Drama, zum religiösen Drama, zur Dichtung vom irrationalen Grunde der Welt.

Die mittelhochdeutsche Versdichtung des Hartmann von Aue erzählte eine in der objektiven Gottesgewißheit und Heilsordnung beruhende Legende. Ein Ritter wird durch die Krankheit, die ihn aus der Gemeinschaft der Menschen ausstößt, von Gott für seine Weltsünde bestraft. Er ist die Mittelpunktfigur, an der sich Gottes Gesetz, Gerechtigkeit und Gnade beweist, während das opferbereite Mädchen namenlos und ohne individuelles Gesicht bleibt. Hauptmann hat ihr eine konkretere Gestalt, mehr eigenes Leben und den Namen gegeben, den er in der Verserzählung *Der gute Gerhard* des Rudolf von Ems (um 1220–54) auffand. Hannele kehrt in Ottegebe wieder. Als in der alten Erzählung Heinrich sich wie ein Märtyrer dem Willen Gottes unterwirft, als er angesichts der Opferbereitschaft des reinen Kindes, das für ihn das eigene Lebensblut fließen lassen will, sühnend auf seinen Lebenswillen verzichtet, um sie am Leben zu bewahren, da schenkt ihm Gott seine Gesundung zum Lohn. Der mit allmächtiger Gerechtigkeit strafende Gott wird zu dem Gott, der Wunder zu tun vermag. Er stiftet die Liebe zwischen Heinrich und dem kindhaften Mädchen, das zunächst – darin blickt die mittelalterliche Sozialordnung hindurch – den Herrn retten und durch ihre Selbsthingabe ihren Eltern den Wohlstand sichern wollte, dessen sie sich unter der Güte dieses Herrn erfreuten. Die Legende erzählte von der Objektivität der göttlichen Gerechtigkeit und Gnade, von der Allmacht Gottes, die sich in dem Wunder verwirklicht, das an diesen Menschen geschieht. Gerhart Hauptmann gab dadurch, daß er die historische Zeit veränderte, Heinrich zum Vertrauten Kaiser Friedrichs II. machte, ihn mit ihm nach Sizilien und in den Kreuzzug (1228) ziehen ließ, seinem Helden eine glanzvolle Vorgeschichte, die den Sturz aus der Höhe des Lebensglücks und Lebensrausches in den Ekel und die Verzweiflung der zerfressenden Seuche um so gewaltsamer erscheinen läßt; jedoch noch gewaltsamer, weil dies Unglück einen schuldlosen Menschen trifft, dessen Mitleidstat ihn in das äußerste Elend treibt. Damit steigert sich das Geschick Heinrichs zum theologischen Problem, zur verzweiflungsvollen Frage nach jenem furchtbaren Gott, der ohne Recht, Grund und Sinn zum „boshaft schlauen“ Jäger seiner wehrlosen Opfer, zum blinden Tyrannen, zum boshaft lachenden Kobold wird — unerreichbar, unbegreiflich, ein Dämon, der mit „Hohngelächter“ den Menschen dem äußersten Elend preisgibt und ihn darin ohnmächtig macht. „Ist Leben Kerkerhaft? Sind wir in Fron? / Und bist du, Tod, der drohende Kerkermeister / und Schließer, der den Ausgang nur verstellt? / Lallen! — Stumm sind wir alle: stumm geboren, / stumm auf dem Kriegspfad.“ Ist ein Gott über einer Welt noch denkbar, in welcher der Mensch hilflos in das Elend geworfen wird, schließlich nichts mehr als eine zerbrochene Kreatur im Ekelhaften der leiblichen Verseuchung und im Notschrei der seelischen Verlassenheit? „. . . Was hast du Blindgeborene / wie Hagel auf das Erdreich ausgeschüttet, / die sich zerfleischen müssen? Warum nährst / du mit der Milch des Grams uns? Warum leiden wir / in diesen Sonnenflammen kläglich Pein, / ohn’ einen Tropfen Kühlung? Gott, vergiß, / vergiß mich wahrhaft! Denk, ich sei nichts wert, / kein Baustein deines blutgetünchten Baus! / Auf blutigem Grunde und mit blutigem Mörtel / gebunden, dehnt er qualvoll sich empor / voll grausigen Lebens, das mich schaudern macht.“ Durch das gesamte dichterische Werk Hauptmanns zieht sich diese Erfahrung der Ausgesetztheit des Menschen an die schmerzerfüllte, qualvolle Dämonie des Erdenleides, die ihn ohne Frage nach einer Schuld oder Schuldlosigkeit überfällt und wehrlos einsam macht. „Vielleicht auch ist der Herr schon weit entwichen.“ Dadurch, daß Hauptmann die Hiobsthematik, wie schon Hartmann von Aue, seinem Heinrich einformte, erweiterte er sein Geschick zum Abbild einer zeitlosen mythischen und religiösen Menschheitsthematik. In Heinrich spielt sich ein Drama zwischen dem preisgegebenen Menschen und dem sich verschweigenden Gott ab; er ist der dramatische Partner des Ritters. Die formale dramatische Schwierigkeit des Spiels lag darin, daß neben der inneren Tragödie Heinrichs gleichsam in umgekehrter psychologischer Führung mit immer größerer, entrückender Verklärung zum Reinen und seinem Seelenmysterium das Mädchen Ottegebe ihre eigene Gestaltentwicklung finden mußte. Während Heinrich körperlich und seelisch immer tiefer in das Elend des Ausgestoßenen stürzt, mußte in ihr, wiederum in ihrer in sich abgeschlossenen, von der Welt sich sondernden Innerlichkeit, die Fähigkeit aus Eros und Frömmigkeit, aus dem Dienstwillen des Kindes, des Weibes und der Gläubigen zur grenzenlos hingebenden Opfertat bewußt-unbewußt reifen: bis sich in dieser Opfertat beider Geschicke verzweigen und vereinigen, gegenseitig erlösen konnten. Beide Figuren sind im Grunde monologisch angelegt; nur im Monolog, der auch ihren Dialogszenen die Grundstimme mitteilt, nur in der Spiegelung durch die anderen zuschauenden und miterlebenden Figuren, die mehr oder weniger kommentierend die Funktion von Hilfsfiguren ohne eine eigentlich dramatisch handelnde Verwebung haben, kann ihre Entwicklung für den Zuschauer erfahrbar werden. Denn wie sollten diese Nebenfiguren zur dramatischen Aktion gelangen, da auch die beiden Mittelpunktsfiguren nur im Zustand des Erleidens zu ihrem Geschick kommen? Hauptmann selbst hat zwar, als er den Vorwurf einer Reprise des Käthchen von Heilbronn in Ottegebe heftig abwehrte, die „Aktivität ihrer großen Opferbereitschaft" betont. „Dies ist das Wesentliche. Auch das religiöse Moment, die Inbrunst der kleinen Heiligen, kommt ja hinzu" (zu C. F. W. Behl, 28. Dezember 1942). Aber dies Handeln verwirklicht sich als Hingabe, als Ekstase eines seligen Erleidens bis zu ihrer Erfüllung im letzten Liebeswort: „Heinrich! – Nun sterb ich doch den süßen Tod!" Da das thematische Gewicht in Hauptmanns Umformung des Stoffes auf der psychologischen und religiösen Problemlage, deren Entwicklungen und Steigerungen lag, mußte er ihnen einen breiten, sich durch vier Akte hinziehenden Raum gönnen: bis zu jener gipfelnden Wendung, in der aus dem tiefsten Abgrund die Erlösung aufbricht. Es ist unverkennbar: diese Methode des von Stufe zu Stufe mehrschichtig aufbauenden psychologischen Entwickelns, unterstützt durch eine Vielzahl von Symbolverweisen und Vorausdeutungen, ist epischer und nicht dramatischer Artung. Von der ersten Szene an sind die Stimmen des Leides, der Liebe, des Opfers und des Glaubens in mannigfaltigen Perspektiven verflochten. Im wechselnden Auftönen und Verhalten dieser Stimmen baut sich die mehrschichtige innere Einheit des Spiels auf. Hauptmann bedurfte dieses breiten Anstiegs nicht nur, um das innere Geschick Heinrichs bis zu jenem verzweifelten, alle Dämme durchbrechenden Schrei seines Lebenswillens am Ende des vierten Aktes zu entwickeln, sondern ebenso auch, um in Ottegebe aus dem tief und traumwandlerisch Unbewußten heraus langsam den Eros, darin und mit ihm ihre Heiligung, ihr Durchscheinen zum Göttlichen wirksam werden zu lassen. Indem Heinrich und Ottegebe sich voneinander entfernen, nähern sie sich einander. Erst am Ende des vierten Aktes finden sie zusammen: in einer ekstatischen, zugleich in sich kontrastreichen Vereinigung. Heinrichs Weg hatte bis hierher immer mehr ins Abgründige geführt; Ottegebes Weg führte sie immer höher in fast schon überirdische Zonen der seligen Geister. Heinrich bricht jetzt zusammen; Ottegebe wird angesichts seiner ihrer siegend-gläubigen Kraft bewußt. Heinrich hat den Glauben verloren, Ottegebe leuchtet auf in dessen Licht. Heinrich will, seines Stolzes vergessen, nichts als leben – Ottegebe schreitet, um ihm dies Leben zu gewinnen, frei in den Tod. Und schon jetzt wird ihre Opferbereitschaft, in seinem tiefsten Elend, für ihn zur überschwenglichen Ahnung der Erlösung. Hauptmann hat dieser Begegnung und Vereinigung von Heinrich und Ottegebe am Ende des vierten Aktes die äußerste dramatische Expressivität gegeben. Denn hier mußte von dem Dichter vorausgenommen werden, was er im szenischen Vorgang und Bild – der Verzicht des Ritters, das Genesungs- und Liebeswunder angesichts des vom Messer bedrohten nackten Mädchens – aus dramaturgischen Rücksichten nicht vorzuführen wagte. Und auch nicht konnte. Denn jede szenische Abbildung hätte gröblich verstofflicht, was als ein rein seelischer und mystischer Vorgang in Heinrichs rückschauender Erzählung des Ereignisses in Salerne im fünften Akt aufleuchtet: die jäh durchbrechende, wie ein Blitz der Gnade verwirklichte Wiederherstellung des reinen, ganzen Lebens durch „das echte Schöpfungswunder" des Eros, „das urewige Liebes-Element". Sie geschieht im Augenblick, in dem der Mensch „außer sich" ist, außer sich im Irrationalen des Seins. „Ich aber – nun, ich weiß nicht, was geschah – / ich hörte ein Brausen, Glanz umzuckte mich / und schnitt mit Brand und Marter in mein Herze. / Ich sah nichts! . . ." Gerade dies Bewußtlos-Werden im Durchbruch der Mächte gehört zu den Grundformen von Hauptmanns Dramatik, zu ihrem beständigen Rückbezug zum Mysterium der Existenz. Solche Erlösung durch die Liebe begrenzt sich nicht auf einen nur psychologischen Vorgang; sie wird ein religiöses Ereignis, denn in der Liebe offenbart sich im Irdischen eine weltdurchwirkende göttliche Kraft, schicksalhaft, über das Individuelle weit hinausgreifend. Gott, nach dem Heinrich in seinem Elend vergeblich rief, wird wirklich jetzt in der Liebe, durch Ottegebe hindurch, in Heinrich selbst, wenn er seiner Liebe zu Ottegebe gewiß wird. Das psychologisch Menschlich-Natürliche in dieser Liebe zweier Menschen bekommt derart zugleich einen religiös-schicksalhaften Sinn. Die Liebe ist der Beweis Gottes in dieser Wirklichkeit, sie ist seine Gegenwart, die der Mensch so empfängt, wie er auch das Leiden von Gott empfangen mußte.

Der von Gerhart Hauptmann gestaltete Mensch bleibt stets der passiv, ausgesetzt oder begnadet Erleidende, Empfangende. Aber von dieser Erlösung aus wird nun auch der Sinn des Erleidens, jenes unerträglichen Elends Heinrichs faßbar. Er mußte durch es hindurchgejagt werden, um Gott zu erfahren, ihn in dem Mysterium der Liebe aufzufinden, „bis daß die Liebe, die uns alle sucht, mich fand". Die verunreinigte Kreatur findet sich gereinigt wieder im höchsten Glanz des göttlich-irdischen Lichtes. Die Legende hat damit auch in ihrer neuzeitlichen Umgestaltung den Bezug zum Transzendenten bewahrt; sie ist nicht durch den Psychologismus gebrochen, sondern in ihm zum Irrationalen des menschlichen Daseins in einer vom Göttlichen begnadeten Wirklichkeit vertieft, wenn auch dies Göttliche von der geordneten christlichen Gläubigkeit der mittelalterlichen Verserzählung weit entfernt ist. „Die Liebe bleibt — himmlisch, irdisch — immer nur eine." Sie bedeutet das Glück der Erfüllung im Irdischen; sie führt zugleich über die Scheinverfallenheit der Kreatur in dieser Welt in die Sphären des Reinen und Ewigen hinaus. Äußerste Pole der Existenz hat Hauptmann in diesem Drama mit großem Griff umspannt. Es gehört, auch im Ringen um die Bewältigung der Form und in Kraft und Glanz seiner Sprache, zu seinen großen Dichtungen.

*Fritz Martini*